letras mexicanas

107

LA VOZ DE LA TIERRA

La voz de la tierra

por Carlos Valdés

letras mexicanas

FONDO DE CULTURA ECONÓMICA

Primera edición, 1972

CAPÍTULO 1

"CORRÍA el rumor (y desde mucho tiempo atrás de cuando en cuando sucedía lo mismo) de que en la sierra se ocultaba una partida de revolucionarios. Los rebeldes, que habían cambiado sus implementos de labranza por fusiles 30-30, sembraban el terror en pueblos, haciendas y rancherías, y después se refugiaban en los montes. El pueblo de Tonantlán se hallaba abierto a los cuatro vientos, en la indefensa llanura; sólo contaba con dos o tres gendarmes, y los ricos y sus criados que pudieran reunir el valor necesario y las armas para intentar una defensa (desesperada, casi sin esperanzas) que sólo serviría para enardecer a los atacantes. Entonces los terratenientes, los funcionarios, los sacerdotes y las mujeres, los miembros del Partido Gris, como nada podían esperar de las desorientadas y lentas tropas federales, encomendarían sus almas a la Virgen de El Naranjo, y a San José, abogado de la buena muerte.

"En ese momento, en las desiertas calles del pueblo, sólo dos hombres ocultos en las sombras de la noche, se atrevían a desafiar el temor y el frío que bajaba de la sierra.

"—¿Por qué debemos estar precisamente en esta esquina? —preguntó Nicanor Pinillas, el Cacarizo—. Llevamos varias noches vigilando, y no aparece. ¡Ni luces del individuo!

7

"—Muchos se han marchado siguiendo el olor de la violencia —murmuró la voz de Rogelio Zermeño—; pero todos los que tienen la suerte de salir con vida regresan desilusionados, cansados de batallar, arrepentidos de su locura.

"—Usted me lo señala, y yo me encargo del resto.

"—Baje la voz; no es necesario que todo mundo se entere —murmuró Rogelio Zermeño—. Entre menos se sepa de este asunto, será mejor que mejor.

"—Eso ya no es cuento mío; yo cobro, y me marcho de aquí.

"—No sé qué me pasa, pero nunca me he alejado. Nomás pensarlo me enferma de nostalgia, y me enferma hasta ver la estampa de un caballo.

"El que había hablado pensó: *Eché raíces en la tierra, y en esta tierra me sepultarán. Él se fue, pero volverá tarde o temprano. La voz de la tierra lo llamará, y no podrá resistir su llamado.*

"—Cada quien sabe su cuento. Mi negocio es ir de un lado a otro, buscando rencores y agravios pendientes —declaró Nicanor Pinillas, alias el Cacarizo.

"—Debemos vigilar para que no huya; sería muy vergonzoso y triste presentarnos con las manos vacías.

"—Usted me lo señala, y yo me encargo del resto.

"—Después que termine su trabajo, es mejor que no regrese, que no lo vuelvan a ver en Tonantlán, para que nadie lo reconozca y piense: 'Esta cara me parece conocida.'

"—¡Qué de misterios por un individuo cualquiera!

"—Es valiente y apreciado como pocos. Sus amigos podrían enojarse, podrían jurar cobrarme su muerte, podrían tenderme una trampa, y asesinarme una noche oscura y sin estrellas.

"—Ése sería un lío aparte; pero de todas maneras, si alguna vez me necesitan de nuevo, sólo tienen que avisarme.

"—Dichoso usted: cobra y se marcha sin preocuparse de nada, sin tener que mirar hacia atrás.

"—Cada quien sabe su cuento; pero ya empiezo a cansarme de esperar. La inquietud me enferma, esconderme en las sombras me aburre. En una palabra: no nací para adorno de esquinera —aseguró Nicanor Pinillas, alias el Cacarizo.

"Los hombres guardaron silencio, y se pusieron a vigilar las calles. Primero un perro, y después todos los perros del pueblo ladraron en las casas, tiraron de las sogas que los sujetaban, lanzando ciegas, furiosas dentelladas al vacío. Los hombres se pusieron tensos y alertas, y no descansaron hasta que la noche recobró la paz.

"*Almas en pena*, pensó Rogelio Zermeño.

"—¡Frío endemoniado! —exclamó el Cacarizo.

"—El culpable es el viento de la sierra, el viento que baja de las alturas, que atraviesa los llanos, y alcanza a sentirse en Tonantlán; también el rebelde puede aparecer de un momento a otro; y si nos distraemos, si no estamos listos y con los ojos abiertos, puede írsenos de las manos.

"El hombre que no portaba fusil, después de hablar pensó: *¿No me estaré haciendo ilusiones? ¿Alguna vez podré contar?: 'Era el tres de febrero del*

año de 1918; ya había anochecido cuando lo vi acer-
carse entre las sombras.'

"—No sé si usted cobrará, ni me interesa; pero yo no acostumbro trabajar en balde.

"—Por su bien le aconsejo que tire a matar, y procure no tener que repetir el disparo. Hasta agonizando le sobra fuerza y coraje, y puede acabar con una docena de individuos más valientes que nosotros. Acuérdese: no hay nada más peligroso que un tigre herido, y el hombre que esperamos acostumbra pelear con la fiereza de los tigres de la sierra.

"—Me parece que le tiene miedo —dijo Nicanor Pinillas.

"—Ni una docena de hombres lograría vencerlo de frente. El oficio de usted es atacar por la espalda, arrastrarse, esconderse entre las sombras, y con él sólo la traición puede vencerle.

"—Ahora lo necesito para cumplir mi encargo; pero no crea que soy tan interesado que nomás le aprieto el gatillo al fusil cuando me pagan. Podré ser un asesino desalmado, de la peor clase, sí, pero no permito que nadie me lo recuerde —declaró Nicanor Pinillas en tono amenazante y fiero—. No, a nadie, ni aunque me pague con oro, se lo permito.

"Los dos hombres guardaron silencio, se dedicaron a vigilar las sombras. De pronto, Rogelio Zermeño retrocedió y murmuró con angustia infinita:

"—Allí en la esquina, allí enfrente algo se mueve. ¡Tire a matar, por vida suya!

"El asesino rápidamente levantó su fusil 30-30 y disparó tres veces seguidas, con una seguridad y soltura que revelaban una vieja práctica, y una sangre fría que no desmentían su oficio. Los perros del pueblo armaron una algarabía de ladridos roncos, agudos, desesperados... Después de disparar, Nicanor Pinillas se acercó al lugar donde había visto caer a su víctima; pero descubrió para su descontento, su pena y su sorpresa, que la calle estaba vacía. En los alrededores no había nadie, ni vivo, ni muerto, ni herido. Nomás encontró las tres balas, las tres señales de su fracaso, metidas en la pared, muy cerca de donde las dos esquinas se juntaban.

"—Creí verlo moverse, y hasta creí verlo caer; pero me engañaron la oscuridad y mi codicia.

"Rogelio Zermeño buscó rastros de sangre en el suelo, una evidencia consoladora, algo que lo tranquilizara o le diera esperanzas. Al comprender la inutilidad de sus esfuerzos, murmuró con miedo y desaliento:

"—Era alguien del otro mundo: ánima en pena, demonio o fantasma, pues ningún cristiano es inmune a los balazos, ni puede desaparecer como el humo.

"—Ni yo mismo lo puedo creer, pero me engañó la noche, la noche más negra que he conocido en mi vida.

"No prestó atención a las disculpas del asesino (humillado por su fracaso ante lo que pensaba una tarea fácil, sin obstáculos ni riesgos especiales), pues Rogelio Zermeño tenía su propia explicación de lo ocurrido:

"—Cuentan que en las noches sin luna ni estrellas

11

han visto rondar almas en pena. Alguien del otro mundo engañó nuestros sentidos, y se burló de nuestras esperanzas.

"—La negrura, y sólo la negrura de la noche tuvo la culpa de mi fracaso.

"—Almas en pena rondan las calles...

"—Ni un gato vería más allá de sus narices en una noche como ésta.

"—Almas en pena engañaron nuestros sentidos, burlaron nuestras esperanzas.

"La puerta estaba entornada, y los hombres sólo tuvieron que empujarla para entrar en el corral de Juan Santiago. Se aproximaron a la troje solitaria que se levantaba en medio del terreno, donde sólo crecían cardos y espinas. Cuando entraron en la troje, la voz ronca de Juan Santiago les preguntó qué suerte habían tenido.

"—Ni yo mismo lo puedo creer, pero me falló la puntería —le informó el Cacarizo—. Nunca había conocido una noche más oscura, más negra que el carbón de las encinas, más tenebrosa que una guarida de fieras...

"—Lo mandé a usted porque lo creía competente, y resulta que se le escapó el fulano, resulta que me viene con excusas, y me desilusiona en un asunto en el que tenía puestas todas mis esperanzas —le reprochó con rencor Juan Santiago.

"—Si gusta, puedo regresar mañana —dijo Nicanor Pinillas—. Es raro que me falle la puntería; pero es la noche más negra que he visto en muchos años. Disparé a ciegas, y cuando nos acercamos, yo fui el más sorprendido: no había rastros, ni huellas, ni sangre, ni nada.

"—Los vecinos han visto rondar almas en pena, demonios y otros mil espantos capaces de aterrorizar al más valiente y decidido.

"—Cuentos buenos para asustar mujeres. ¿Quién más se atrevería a caminar a estas horas? Pero ustedes lo espantaron con su torpeza. Ustedes, y nadie más, son los culpables de que siga viviendo.

"—Le prometo que la próxima vez no se escapará. Ahora la negrura de la noche me obligó a disparar a ciegas.

"—Ustedes lo espantaron con su torpeza. Debemos dejar que se tranquilice, que recobre la calma, que crea que el asunto está olvidado.

"Entonces Nicanor Pinillas reclamó su pago.

"—Ahora aléjese del pueblo. Cuando sea tiempo, lo mandaré llamar, y luego que cumpla con su trabajo, podremos hablar de dinero —afirmó la voz ronca y severa de Juan Santiago.

"—¿Quién me asegura que no trabajaré en balde? —preguntó el Cacarizo—. ¿Quién me asegura que al individuo se le ocurrirá regresar?

"—Si esperamos que recobre la confianza, si tenemos paciencia y calma, hasta se atreverá a pasearse a la luz del día. Lo que le cuento es la pura verdad; si no, pregúntele a éste que es amigo del rebelde, y conoce sus costumbres al dedillo.

"—Cada quien sabe su cuento; pero yo nunca trabajo en balde. Pregunte en Los Tecomates, mo-

13

léstese en preguntar, y allá le informarán que aún no nace el mortal, gris o colorado, que haya tenido el gusto de burlarse de Nicanor Pinillas, más conocido por el apodo del Cacarizo.

"—No se insolente, amigo. Soy la suprema autoridad de este pueblo —declaró con firmeza Juan Santiago—, soy el presidente municipal, candidato del Partido Gris, elegido por mayoría de votos...

"—Las palabras salen sobrando. Ya sabe donde vivo; si acaso no estoy presente, me deja recado con alguno de mis hermanos, y regresaré infaliblemente; pues nunca salgo de un negocio con las manos vacías.

"Cuando ya se creía a salvo, al atravesar el patio de su casa, una figura blanca y sigilosa le salió al paso junto a los naranjos.

"—¡Qué susto más grande me diste! —le reprochó Rogelio Zermeño a su hermana.

"—Hace rato sonaron tres disparos en la calle —afirmó la figura blanca, temblorosa y pálida—, y sus malas intenciones no eran otras que asesinar a Pascual Gutiérrez.

"—Es tu imaginación, Hermelinda. Yo me paseaba en las calles tranquilas y silenciosas, y no oí ni el vuelo de una mosca. Es tu fantasía que te engaña, es tu amor el que te preocupa y te desvela.

"—Le dispararon tres veces seguidas; pero con los ojos del alma lo vi huir, perderse entre las sombras y escapar con vida.

"—Hermana, obras mal en atormentarte con esos pensamientos tristes... Vete a la cama, que con el

14

frío de la noche puedes enfermarte de calenturas. Entonces el preocupado seré yo, y tendré que conseguir medicinas, hacer gastos, procurar el dinero que tan escaso se ha puesto en estos tiempos, tiempos adversos hasta para los que fueron ricos, y hoy son tan pobres como el más pobre de los medieros.

"—Prométeme que no lo traicionarás... Acuérdate, cuando éramos niños siempre jugábamos juntos, y nunca nos separábamos (algunos vecinos hasta nos creían hermanos). Los tres acudíamos al campo a cortar flores en primavera, los tres brincábamos descalzos en los arroyos, y nos bañábamos cuando el calor se volvía insoportable, los tres teníamos los mismos gustos, los mismos pensamientos, y nos reíamos con las mismas bromas, y llorábamos con las mismas penas.

"—Con tal de agradarte nos subíamos a los árboles, te bajábamos nidos de pájaros y te cortábamos la fruta que preferías.

"—No puedes traicionarlo ahora.

"—Pascual era más fuerte que yo, casi tan fuerte como un adulto. La ocasión en que me caí en un pozo, me salvé gracias a él. Ni siquiera sentí miedo, pues la fuerza de Pascual me fortalecía, me daba ánimo y valor.

"—No puedes ponerte de parte de los que lo odian, y desean su perdición —manifestó Hermelinda.

"—Pascual me defendía de los muchachos más grandes y fuertes, y hasta me defendía de la gente mayor. Recuerdo claramente, como si fuera hoy, el

15

día que entré en una huerta vecina, con la mala intención de robarme las guayabas. El dueño intentó castigarme, y me persiguió con un chicote; Pascual se le enfrentó con la bravura de un gallo de pelea, mientras me escapaba, mientras corría y me ponía a salvo.

"—Ahora me siento más tranquila —murmuró la muchacha—; presiento que el peligro ya no acecha a Pascual.

"—Si los vecinos te ven en camisón, descalza, con el pelo suelto y paseando en el patio, acabarán de confirmarte en tu fama de hechicera. Aseguran que puedes mirar en las tinieblas, que para ti el pasado y el futuro no reservan secretos, que lees el destino en las estrellas y que hablas con las almas de los muertos.

"—Voy a acostarme —anunció la mujer suspirando.

"—Te he advertido que no platiques con los vecinos. Malinterpretan tus palabras, arman intrigas y chismes, y nuestro buen nombre puede salir perjudicado. Acuérdate bien de lo que te digo: debemos hacernos respetar, pues los Zermeño no nacimos ni nos criamos como pobres —aseguró Rogelio Zermeño, con su autoridad de hombre y de hermano mayor.

"—Me siento cansada y sucia cada vez que miro con los ojos del alma —dijo débilmente la muchacha.

"—Pascual se encuentra lejos de aquí, y su buena suerte lo protege. Ya quisiéramos muchos infelices

16

tener la mitad de su buena estrella, y poder ir a la esquina sin que los perros nos ladraran.

"—Estoy cansada, pero serena y tranquila. Esta noche descansaré en paz, y no me atormentarán las pesadillas.

"Ella se alejó entre las sombras. Rogelio Zermeño se quedó en el patio. (Para matar el tiempo y distraerse, se paseaba entre los naranjos. Miraba con inquietud el cielo negro, sin estrellas, después dirigía su vista al piso cubierto con la blancura fantasmal de los azahares que, como gotas de leche, caían silenciosamente de los naranjos, luego miraba el oscuro bulto, la silueta de los árboles.) Después de un rato, entró en la pieza de Hermelinda, se detuvo en la cabecera de su cama.

"Como él lo esperaba, la muchacha hablaba en el tono profético de los que duermen:

"—¡Corre, sálvate, huye! Los que te odian no descansarán hasta no verte en trance de agonía. ¡Pascual, salva tu vida, huye! El odio de tus enemigos nunca se agotará...

CAPÍTULO 2

"Pascual Gutiérrez llamó en la casa que había
sido la más grande, la más celebrada y rica del
pueblo; pero entonces las ventanas ya no tenían
vidrios. En vez de vidrios habían puesto cartones,
y los cartones habían tomado el triste y pálido
amarillo del tiempo. La suciedad, los cacharros inútiles y el polvo se amontonaban en los rincones.
Las ratas se paseaban con libertad, con desvergüenza
por el patio y los corredores. En la mayor parte
de las piezas, vacías y deshabitadas, las polillas mi-
naban los muebles, las arañas los recubrían y los
velaban con sus redes. En la soledad de un cuarto,
el viejo don Arcadio Costa rezaba de rodillas, con
fervor extático, ante la imagen de la Virgen de El
Naranjo. Cuando oyó los repentinos golpes, violen-
tos, casi desesperados, el dueño de la casa tembló
de espanto por segunda vez aquella noche; como la
primera ocasión (después de oír los tres disparos que
le arrebataron el sueño), permaneció inmóvil, casi
sin respirar; pero las llamadas se repitieron, conti-
nuaron llegando hasta los últimos rincones de la
casa. Don Arcadio Costa pensó con amargura: *¿Cuándo dejará el mundo de atormentarme? ¿Cuándo me
dejarán rezar en paz por la salvación de mi hijo?*

"El viejo sin retirar los cerrojos, las cadenas y las trancas, preguntó quién se atrevía a llamar a esas horas de la noche, quién era el que contrariaba no sólo las buenas costumbres, sino la más elemental decencia. Desde la calle, una voz en que se advertía la prisa, la determinación y el cansancio, mencionó el nombre de Rafael. Arcadio Costa quitó los cerrojos, las trancas, las cadenas, abrió una hoja del portón, y llevó al visitante a una habitación oscura.

"El visitante buscó a tientas una silla y dijo:

"—No le robaré mucho tiempo. En cuanto le dé noticias de Rafael, me voy por donde he venido.

"—¿Dónde se encuentra ese ingrato? Se marchó sin avisarme, y hasta hoy he vivido preocupado, rezando, pidiendo un milagro. Cree que soy una mina de oro, que cuento el dinero por montones; le encargó a su esposa que me pidiera ayuda, y ahora debo alimentarla y mantener a sus hijos.

"Pascual Gutiérrez permanecía sentado a su pesar, pues, aunque no le agradaba mostrarse débil ni cansado, hacía mucho que no bajaba de la sierra, ni había tenido oportunidad de sentarse en una silla, ni de guarecerse bajo techo. El viejo don Arcadio Costa lo miró como lamentando que ocupara una de sus sillas, y le dijo:

"—Rafael en el pueblo disfrutaba de comodidades. Ahora debe encontrarse sufriendo hambres y fatigas, pero no me extraña; en otras ocasiones ha padecido locuras semejantes, y ha olvidado su obligación de cristiano, su obligación de sostener a su mujer y a sus hijos, y esa carga me la echó sobre

19

mis débiles hombros... ¡Iluso de mí! Soñaba que sería el apoyo de mi vejez; pero debo preocuparme como si él todavía fuera un niño de pecho.

"—Sólo he venido a darle noticias de su hijo, y luego me marcharé...

"—La gente asegura que usted es un rebelde sin remedio, que todos los revolucionarios de estos rumbos han tenido o tienen relaciones con usted. No acostumbro oír murmuraciones; pero hasta mi casa ha llegado el rumor de que por sus malos consejos, Rafael se remontó en la sierra, y entró en una gavilla de asaltantes. Era lo último que esperaba sufrir en mi vejez; tener un hijo revolucionario, un hijo que se vuelve contra la autoridad paterna, que desprecia el buen nombre de la familia, y se convierte en un bandido de camino real, en un desalmado, un rebelde sin Dios, sin ley ni respeto para las autoridades...

"El rebelde se contuvo y murmuró con calma:

"—Nomás he venido a darle noticias de Rafael...

"—Sí; un bandido de camino real, un desalmado sin corazón, sin conciencia, un hijo desobediente que prefirió escuchar a los extraños, y no a su propio padre. Las gentes aseguran que usted con sus consejos lo orilló al mal camino; también cuentan que usted es un rebelde sin remedio, y que los hombres pacíficos sólo descansarán hasta que usted vaya a rendirle cuentas al cielo.

"—Sólo vengo a darle noticias de Rafael...

"—Dios es la libertad, Dios es la vida, Dios es la fuerza, Dios es la salud —dijo el viejo en tono

20

reverente y emocionado—, y Dios que es grande y misericordioso me devolverá a mi hijo en esta vida o en la otra.

"—Nomás he venido a dar noticias de Rafael —murmuró el visitante con voz cansada pero firme.

"—Él desde niño fue un mal hijo, y aún ahora se goza en mortificarme. Mis buenos consejos se los llevó el viento, y parece que he sembrado en tierra estéril; aunque no sé en verdad dónde se encuentra, la gente asegura que se remontó a la sierra, que las tropas federales lo persiguen para terminar con sus crímenes, con sus robos, y otras culpas que no me atrevo a imaginar.

"—Óigame, escúcheme, vengo a darle noticias de Rafael...

"—A mi hijo lo engañó el Demonio que les pinta a los hombres una ilusoria libertad, que no es sino libertinaje, rebeldía y pecado. A mi hijo y a usted los engañó el Demonio, los sedujo con su arte de engañador consumado. La libertad para ustedes es la matanza, el robo y el saqueo; para ustedes la libertad consiste en que Satán reine en la tierra.

"—Nomás escúcheme un momento...

"—Usted quiere que Satán reine en la tierra, y cómo no, si usted tiene las manos manchadas de sangre, y sus crímenes claman venganza del cielo —gritó don Arcadio Costa temblando de rabia y enojo—. ¡Levántese de esa silla y lárguese de mi casa!

"—Sí, me iré, pero déjeme darle noticias de su hijo.

21

"—¡Levántese de esa silla y lárguese de mi casa! Si no se marcha en el acto, pediré auxilio a los vecinos —exclamó don Arcadio Costa temblando de enojo, con el feroz enojo de los ancianos.

"—Sólo he venido a traerle noticias de Rafael...

"—No quiero saber nada, porque nunca me ha brindado una alegría, sólo disgustos y penas. De no ser por él, usted ahora no se hallaría aquí amargándome la existencia, mi vida que de por sí ya no es vida, sino sólo achaques y mortificaciones.

"—Ya que es su forma de sentir y de pensar, y Rafael no le importa nada, puedo comunicarle sin pena las noticias...

"El anciano se adelantó a hablar, se adelantó a manifestar los temores que lo desvelaban desde la primera noche, desde la noche misma de la partida de su hijo:

"—Ahórrese las palabras, ya sé que lo mataron, porque no pudo haber tenido otro fin.

"En la habitación oscura y silenciosa, se oía el ruido de las ratas que se alimentaban, que corrían y chillaban libremente en los rincones. El anciano vacilaba, se atormentaba, creía un momento, y al siguiente dudaba, desconfiaba de la buena fe de su informante, del mudo informante que con su mudez confirmaba la verdad de sus presentimientos, porque don Arcadio pensó que podía ser un demonio, pero nunca tan cruel como para burlarse y divertirse con el dolor de un padre que teme perder a su hijo; pero finalmente lo dominó la desconfianza y declaró:

"—Me niego a creer que haya muerto. . .

"—¡Qué no daría por poder decirle lo contrario, qué no daría por haber podido traerle un recuerdo suyo! Pero los soldados no se conformaron con matarlo, sino que le quitaron todo lo que traía encima. Lo tuve que enterrar desnudo, tal como estaba, tal como lo encontré a merced de los zopilotes y las fieras del monte.

"—Me niego a creer que haya muerto como un perro, sin confesión, sin los auxilios cristianos, me niego a creer que Dios no haya escuchado mis oraciones, que haya desoído lo que le pido en mis rezos: que Rafael no muera impenitente, sin confesión, sin alcanzar la gracia divina. Usted es el Demonio, y trata de engañarme, trata de mortificarme, trata de que pierda la fe.

"—Seguramente los soldados federales lo tomaron por sorpresa, cuando dormía, cuando se le habían agotado las fuerzas; nomás así pudieron acabar con él, y sólo entonces, porque era un valiente sin tacha.

"—Usted es el mismo Demonio, y trata de engañarme, trata de hacerme creer que Dios se negó a oír mis oraciones, y no quiso escuchar mis ruegos, ni concederme lo que tanto le pedí: que mi hijo sufriera todos los tormentos de esta tierra (tormentos que son como juego de niños), pero que alcanzara la salvación eterna de su alma pecadora.

"—Me consuela pensar que murió como un valiente. Tuvo que ser así; siempre fue valeroso y tuvo que portarse con valor en el momento postrero.

"—Rafael vive (no ha muerto, porque no pudo morir sin confesión). Algún día regresará, y usted entonces no sabrá dónde esconderse para ocultar su vergüenza... Me niego a creer sus palabras, me niego a oírlas, me niego a prestar oído a sus asechanzas. ¡Fuera de aquí, demonio, fuera de aquí!

"En cuanto el visitante pisó la calle, el viejo echó las trancas, los cerrojos, las cadenas de la puerta, y pensó: *¿Cuándo dejará el mundo de atormentarme? ¿Cuándo me dejarán rezar en paz por la salvación eterna de mi hijo?* Después regresó a su cuarto, y venciendo la dolorosa resistencia de sus músculos, se hincó frente a la Virgen de El Naranjo. Comenzó a derramar lágrimas, a pedir, a rogar y a exigir un milagro: que su hijo alcanzara la gracia divina, el arrepentimiento, la salvación eterna.

CAPÍTULO 3

"Hacía rato que Hermelinda dormía en paz; pero Rogelio Zermeño, junto a la cabecera de la cama, esperaba pacientemente a que volviera a hablar en sueños. Cuando se iniciaba el alba, vio premiada su paciencia: la mujer murmuró en el tono profético de los que duermen:

"—Ahora Pascual Gutiérrez se aleja, y su caballo cruza velozmente la llanura, levantando grises nubes de polvo. Sus enemigos no podrán alcanzarlo; son como las víboras que se arrastran y se esconden para atacar en las sombras, y el sol los desconcierta y los deslumbra.

"El hombre pensó: *Mientras viva Pascual Gutiérrez no faltarán descontentos (aconsejados por él) que se remonten en la sierra a pelear. El rebelde nació rebelde y nunca cambiará. Tal vez se oculte algunos meses; pero de nuevo volverá a la lucha, de nuevo atacará a los pueblos y hostigará a las tropas federales.*

"—Ahora Pascual cabalga en la soledad de los llanos, y consuela su soledad con los recuerdos de nuestra infancia, recuerdos que siempre lo acompañan —continuó diciendo la mujer dormida—. Ahora somos niños, jugamos en el campo, hace calor y los llanos están verdes. Pascual corre más aprisa que nosotros, y no podemos alcanzarlo.

25

"—Mira bien en tus sueños. ¿Logro vencerlo en la carrera? Mira bien; dime la verdad y no mientas.

"*Según parece, desde entonces todo sigue igual, y nada podrá cambiar hasta que él muera* (pensó Rogelio Zermeño); *sólo su muerte podrá librarme de la amargura de verme humillado.*

"Cuando la mujer despertó, la luz del día inundaba el cuarto. Le asombró ver a su hermano sentado al borde de la cama; lo creía dormido en su lecho, recreándose en su pereza, soñando en los buenos tiempos, cuando eran ricos, y el blanco maíz se desbordaba en las trojes, y el oro de buena ley abundaba en los arcones de la casa.

"—Te velé el sueño toda la noche; tenía miedo que enfermaras de calentura. Se me espanta el sueño nomás de pensar que puedes enfermarte. ¿De dónde sacaría para el médico y la botica?, ¿dónde me procuraría dinero para los alimentos de sustancia que necesitan los enfermos?

"La muchacha iba y venía de un lado a otro de la cocina, avivaba el fuego y disponía los trastes. Rogelio Zermeño miraba sus movimientos, y se impacientaba esperando el desayuno.

"—Otra vez se está acabando el maíz, y no ajustará para terminar la semana —le anunció Hermelinda con preocupación.

"—¿Por qué no me guardas las malas noticias para después de desayunarnos? La sola idea de pedir fiado me abre un hueco en el alma, y me amarga la comida... Bueno, no me queda otro remedio que

26

tratar de resignarme con los malos tiempos. Ahora debo pedir fiado y prestado, debo sufrir vergüenzas, como si fuera el más pobre y miserable de los peones que teníamos en casa, y que ya no tenemos por falta de dinero. La maldita revolución les predicó que los amos no merecemos respeto (el respeto que manda y ordena la religión católica) y los ingratos, olvidando el respeto y los muchos favores que me debían, se insolentaron al grado de negarse a arar el campo si no les pagaba a diario. Ahora me veo obligado a rebajarme, a sufrir vergüenzas, a pedir fiado y prestado, para poder ir pasándola...

"—Vende las tierras que no cultivas, véndelas, y así no tendrás necesidad de avergonzarte.

"—En estos tiempos de inseguridad y angustia ni un loco las compraría. Además, te lo he repetido mil veces, y no debes olvidarlo: nos apellidamos Zermeño, y aunque pasemos hambres, tenemos que cuidar nuestro prestigio. Ser propietarios de tierras nos salva de la ignominia (aunque no tengamos qué llevarnos a la boca), nos eleva por encima de los peones que trabajan para vivir.

"—Te gusta sufrir, y tus sufrimientos me mortifican.

"—Cuentan que Pascual Gutiérrez tiene escondido en la sierra el dinero que les arrebató a los ricos. Cuando algo necesita, sólo va a desenterrarlo. Después puede gastar a manos llenas, y darse vida de príncipe. Aunque la gente murmure, aunque la gente diga lo que diga, el bien de uno se encuentra primero. Lo malo es ser honrado, no saber robar,

27

apellidarse Zermeño. Yo nunca he salido del pueblo, y aquí he de morir vigilando las tierras, la casa, la tumba de nuestros padres.

"Frente a la casa que había sido la más rica y famosa de Tonantlán, Rogelio Zermeño se quedó mirando fijamente la puerta, intentando penetrar con la fuerza de su mirada en el secreto que ocultaban las ventanas cerradas. De pronto, a espaldas del hombre se abrió una puerta vecina. Desde la calle pudo apreciar el interior de la casa: el patio silencioso, las macetas de helechos, los monótonos pilares del corredor... Una mujer enlutada se interpuso en la puerta. Rogelio Zermeño reconoció sin alegría a la dueña de la casa. Sí, doña Encarnación Pérez había aparecido (negra y amenazante como nube de tormenta) y miraba al hombre con rencor y desconfianza, con hostilidad acumulada en años de soledad y maduración maligna.

"—En la casa de enfrente no se mueve ni un alma, ni se escuchan ruidos. No creo que don Arcadio pueda seguir morando en este valle de lágrimas. Sin embargo, los Costa son muy resistentes, y quizá todavía se encuentre en la tranquila oscuridad de una pieza, aguardando tercamente el regreso de su hijo. Infórmeme, vecina...

"—Don Arcadio aún vive, vive de milagro en la más terrible de las soledades. No dudo que un día no amanezca —la mujer enlutada suspiró con melancolía—. Es imposible vivir en un mundo tan revuelto... ¿Oyó anoche los balazos? Me desperté sobresaltada (lo primero que hice fue encomendarme a las ánimas benditas del purgatorio, y me desvelé rogándoles, pidiéndoles que me devolvieran el sueño, que tranquilizaran mi espíritu lacerado de angustias). Cuando al fin estaba a punto de conciliar el sueño empezaron a tocar en la puerta vecina (llamaban y llamaban con desesperación y urgencia). Me cubrí el rostro con las cobijas, y seguí rezando fervorosamente. Sólo la primera luz de la mañana me secó el sudor de la angustia que me bañaba el cuerpo, mi angustia de considerar mi triste situación de viuda, sin el amparo ni la protección de un hombre... Ahora mismo iré a la iglesia a agradecerles a las benditas ánimas del purgatorio el favor que me hicieron, pues sólo a su milagrosa intervención se debe que los rebeldes se hayan ido sin causarme daño.

"La mujer enlutada se alejó (como amenazante nube de tormenta), con la vista fija en el suelo, murmurando sus oraciones, repasando entre sus dedos nudosos el rosario de cuentas negras, desgranando avemarías infinitas y padrenuestros repetidos obsesivamente. Rogelio llamó un buen rato en la casa que había sido la más opulenta, respetada y rica. Su paciencia se había agotado, cuando atrás del portón se oyó un movimiento de trancas, cadenas y cerrojos, se entreabrió una de las hojas del portón, y asomó el rostro desconfiando de un anciano.

"—¿Ya no me recuerda? —preguntó el visitante—. Los Costa y los Zermeño somos parientes por la sangre, y aunque hace mucho tiempo que no nos

29

frecuentamos (pues los tiempos no están para hacer ni recibir visitas), ahora trato de remediar mi falta.

"El viejo, aunque empezaba a ablandarse, no se determinaba a franquearle el paso.

"—Desde que mi hijo se marchó a la guerra, envejezco por minutos. La cabeza se me agota, los pensamientos se me confunden y se me enredan, y no me acuerdo de nadie ni de nada.

"Rogelio Zermeño le pidió noticias de Rafael. El nombre de su hijo ablandó las resistencias del viejo, y le franqueó el paso al visitante. Su fuerza de voluntad (de la que tanto se enorgullecía, y había hecho tanto alarde en otros tiempos) cedía siempre ante una voluntad más fuerte; su única defensa segura era la soledad.

"Caminaron por los corredores fríos, ruinosos, despertando el eco en los cuartos deshabitados, donde se amontonaban los muebles viejos, la mugre, las telarañas y los recuerdos. La desconfianza de don Arcadio no cedía fácilmente; tenía miedo de ser espiado, criticado, juzgado por el visitante, y prefirió mantenerlo lejos de los cuartos, de las habitaciones que tan celosamente ocultaba a la curiosidad de los vecinos. Le señaló unas sillas colocadas frente al patio, y se disculpó diciendo:

"—Tienes que perdonar toda esta basura, toda esta mugre, toda esta ruina. Eres mi pariente, y sabes que no te engaño ni te cuento mentiras: viví tiempos mejores, cuando mi padre comerciaba entre Tonantlán y el Puerto de Acapulco, cuando los arcones de esta casa no bastaban para guardar el oro, y el maíz blanco se desbordaba en las trojes. En cambio, hoy día los precios andan por las nubes, el pueblo no encuentra cómo ganarse el sustento.

"Las palabras del viejo le recordaban a Rogelio sus sueños de abundancia, sueños que poblaban sus noches y sus vigilias, y también le recordaban su infancia, y a su padre todopoderoso y rico, a su padre amado, y también odiado, despreciado, maldecido por su fracaso para acrecentar, o siquiera conservar la fortuna de los Zermeño. Dijo con una mezcla de orgullo y amargura:

"—Nosotros también conocimos tiempos mejores, pero nos arruinó la maldita y odiada revolución. Solamente me quedan la casa donde vivo y unas tierras de labor; pero me falta dinero para trabajarlas, y no puedo sembrarlas con mis propias manos. Los Zermeño no podemos rebajarnos al nivel de los peones, ni podemos mezclarnos con la basura, ni nos está permitido dar qué decir a las murmuraciones.

"—Yo debería contar el dinero por montones, pero los malos negocios y la revolución me arruinaron. No cabe duda de que la fatalidad me persigue; mi único hijo defraudó mis esperanzas (cuando un muchacho resulta duro de cabeza, no hay poder humano que lo cambie), y el esmero que puse en educarlo fue sólo tiempo perdido. Ya casi no recuerdo las veces que ha ido y venido empujado por los vientos de su locura... Anoche llegó Pascual Gutiérrez y me dijo que Rafael había muerto en una emboscada; pero creo que sólo vino a atormentarme, a meterme malos pensamientos en la cabeza. Seguramente quería que perdiera la fe en Dios, quería volverme imposibles los pocos días que me quedan.

"—¿No supo cuál rumbo tomó Pascual Gutiérrez? ¿No observó en qué dirección se retiraba?

"—Le ordené que se largara. Casi lo obligué a marcharse; lo único que pido es tranquilidad para rezar mis oraciones, y nada ambiciono del mundo y sus locuras.

"—El rebelde tiene muchas cuentas pendientes con la justicia.

"—Me queda poco tiempo de vida. Sólo quiero rezar por la salvación de mi hijo, y por el perdón de sus pecados.

"Comprendió la inutilidad de su visita, comprendió que había sido tiempo perdido, y que nada conseguiría de la terquedad del viejo.

"—La vejez y la revolución han terminado con el poco humor que me quedaba... Lástima que hayas acudido tan tarde, y ahora sólo puedo pedirte que te acuerdes de mí en tus oraciones, que cuando yo descanse en el polvo, reces un padrenuestro por el alma de este viejo, de este viejo que tan mal lo ha tratado la fortuna.

"Antes de entrar en la tienda de La Purísima, Rogelio Zermeño comprobó que no hubiera clientes que pudieran servir de testigos, precaución casi inútil en los tiempos que corrían. Con ojos de comprador escrupuloso observó un atado de sogas que colgaba del techo. Deliberadamente, mientras pensaba la manera de tratar su asunto, se demoraba en el examen de la mercancía, y de propósito dejaba pasar el tiempo. El dueño de La Purísima para romper el opresivo y triste silencio que reinaba en la tienda, se quejó lúgubremente atrás del mostrador de madera:

"—¿Se acuerda que antes tenía varios empleados? Ahora me basto y me sobro para despachar. Todo por culpa de la maldita revolución.

"Rogelio Zermeño estaba a punto de maldecir a los rebeldes, pero se detuvo a tiempo; pensó que no le convenía ennegrecer más el panorama, ni acrecentar el pesimismo del tendero.

"—No se lo cuente a nadie, guárdeme bien el secreto: le he ofrecido un premio al presidente municipal, si le tiende una emboscada en la oscuridad de la noche, o envenena a Pascual Gutiérrez, o, no me importa cómo, lo hace abandonar el mundo de los vivos.

"El tendero se arrepintió de sus palabras: Rogelio Zermeño era amigo del rebelde. Además, tenía fama de chismoso, intrigante y enemigo del buen nombre de los vecinos. Pánfilo López se reprochó su torpeza, su manía de hacer y decir cosas contrarias a sus intereses, como si se odiara a muerte y tratara de causarse el mayor mal. Sin embargo, se tranquilizó un poco cuando Rogelio Zermeño le aseguró con palabras halagüeñas:

"—Aunque Pascual Gutiérrez es mi amigo, admito que es más importante la tranquilidad del pueblo.

"—Cuando lo fusilen, cuando se muera, habrá paz y la gente se animará a desenterrar su dinero y se dedicará otra vez a los negocios.

"—No se queje de su mala suerte. Yo sí me encuentro arruinado; hace mucho que mis tierras están ociosas, y no producen ni un grano de maíz. Ahora me veo en la necesidad de pedir fiado, pero le prometo que le pagaré, y le pagaré, porque un Zermeño nunca falta a su palabra.

"—Conozco su historia, y sé que la revolución terminó con sus bienes, con la fortuna que heredó de su padre; pero si le fiara a todo hijo de vecino, me arruinaría sin remedio. Los tiempos están de lo peor, y no puedo arriesgar ni un centavo.

"Rogelio Zermeño sintió herido su orgullo donde más le dolía; sin embargo, pensó que más le convenía soportar la injuria en silencio.

"—Mientras en el monte ande libre quien usted ya sabe, todos saldremos perdiendo, y todos tendremos que sufrir las consecuencias —le dijo el dueño de La Purísima.

"—Las cosas pronto se compondrán; acabo de enterarme que descalabraron a la partida de Rafael Costa. Terminaron con todos los rebeldes, hasta con el mismo Rafael, y solamente se libró Pascual Gutiérrez.

"—¡Cómo serán idiotas los federales: ni diez Rafaeles Costa darían tanta guerra como un solo Pascual Gutiérrez!

"—Tarde o temprano tendrá que caer, y entonces no me veré obligado a humillarme en las tiendas.

34

"—No puedo vivir de ilusiones. Cuando mucho lo esperaré a que consiga dinero contante y sonante, y entonces le despacharé lo que quiera y guste.

"Rogelio Zermeño procuraba mostrarse indiferente y digno: pero en su interior sufría la dolorosa afrenta que le habían causado a su orgullo, y pensó: *El tendero, aunque se niega a fiarme un puñado de maíz, ofrece un premio por la vida de Pascual Gutiérrez. La ley ya no es ojo por ojo. Ahora la basura ha subido de nivel, sobrenada en la corriente, y los de arriba y los de abajo me pisotean.*

CAPÍTULO 4

"Sentado en una silla del corredor, Rogelio Zermeño contemplaba la oscura mancha de sudor que rodeaba la copa de su sombrero, que sólo se quitaba en la iglesia, ante las personas de respeto, y cuando se iba a dormir. Su actitud era la de un hombre derrotado y triste, la de un hombre que añora el bien perdido, y se amarga recordando el pasado.

"—A la gente ya no le importa mi apellido. Lo que desea es que le pague con pesos contantes y sonantes. La basura ha subido de nivel, y sobrenada en la corriente, los de arriba y los de abajo me pisotean... Así como vamos nos moriremos de hambre, nos enterrarán de caridad, y nadie recordará el polvo de los Zermeño... —le dijo Rogelio a su hermana mientras hacía girar lentamente el sombrero que tenía en sus manos—. Sin embargo, tú no morirás de hambre; Pascual Gutiérrez prometió casarse contigo. Tal vez un día renunciará al mal camino, y cumplirá su palabra.

"—Estoy segura de que en cuanto pueda vendrá a ayudarnos.

"—Lo que debes hacer es recordarle sus promesas... Los años pasan volando, y si él se tarda, es posible que entregues tu alma al Creador, y nomás vendrá a encontrarse con tus recuerdos —le dijo Rogelio Zermeño a su hermana—. Escríbele y que

36

tus palabras lo conmuevan, que comprenda la felicidad que está desperdiciando. Escríbele, y para que
la gente no se entere, para que no murmure de
nosotros, la carta me la darás a mí, y yo, aunque
tenga que ir al fin del mundo, se la entregaré en
sus manos.

"—Nunca has salido del pueblo, y no te será fácil
ponerte a recorrer los montes.

"—Me apena ver cómo desperdicias tu vida, cómo
pasa el tiempo sin que Pascual regrese... Hermana, no te dé vergüenza. Ábrele tu corazón, y díle
todo lo que piensas. Seguramente cuando lea tu
carta, se le saltarán las lágrimas... Creo que ya
debe estar cansado de fracasar, ya debe haber comprendido que el Señor no necesita la ayuda de Pascual Gutiérrez, ni la del Partido Colorado. Dios se
basta y se sobra con su propio poder, y con la mano
de sus ángeles, para impartir justicia en esta vida
y en la otra; pero su voluntad es que siga habiendo
pobres y ricos. Revoluciones van y revoluciones
vienen, y el dinero nomás cambia de manos; pero
hasta eso depende de su Voluntad Divina: Dios
mira con agrado el trabajo, y hasta la pereza de sus
favoritos; en cambio se tapa los oídos y no escucha
a los infelices que se pasan la vida rezando.

"—Pascual no puede soportar ver cómo los ricos
despojan y maltratan a los pobres. Tanta injusticia
lo llena de lástima, y lo consume de rabia. Esa
lástima y esa rabia lo obligan a remontarse a com-
batir en la sierra.

"—Tú escríbele, recuérdale sus promesas...

"—La verdad es que no soporta ver el abuso del fuerte con el débil. La lástima lo ciega de rabia, y su vida sólo tiene un fin: terminar con el abuso de los ricos.

"—Tú escríbele, Hermelinda, ya veré dónde consigo dinero para ponerme en camino. Después buscaré a Pascual por los laberintos de la sierra, no descansaré hasta encontrarlo, ni pararé hasta poner tu carta en sus manos.

"—Me da miedo que te aventures solo y sin armas en los montes.

"—Tú escríbele. . . El nombre de Pascual Gutiérrez me protegerá más que si me escoltara un escuadrón de caballería; estoy seguro que ningún maleante, ningún bandido de la sierra, se atreverá a causarme daño ni atentar contra mi persona.

"En las calles anchas, derechas y solas, los pasos de Rogelio Zermeño despertaban ecos dormidos, ecos de otros tiempos, cuando los niños jugaban en las aceras, cuando la mayoría de los ricos aún no se habían marchado en busca de ciudades más grandes y seguras, al amparo de las guarniciones federales, cuando los pobres sumisos aún labraban de sol a sol las tierras que no eran suyas, cuando el padre de Rogelio se encargaba de mantener el orden en el pueblo y en los campos, por eso Rogelio Zermeño pensaba con angustia: *Ya no hay nadie en este pueblo, ni queda gente en los llanos, y soy el último infeliz que habita la tierra. Es el fin de los tiempos, es el día del juicio universal. Los ángeles no quisieron llamarme y me desprecian. Aun para los ángeles mensajeros, aun para los ángeles que tocan las trompetas, no hay peor peste que la del pobre que fue rico, que la del infeliz que se acostó en la opulencia y amaneció sin qué llevarse a la boca. Todos me echan de sus puertas; no me quiere el cielo, ni me quiere el infierno, los de arriba y los de abajo me pisotean... ¿Qué rumbo voy a tomar?*

"Rogelio Zermeño, atraído por las voces que se oían en la cantina, se apresuró a buscar la compañía, la cálida y anhelada compañía de los hombres que ya había perdido la esperanza de volver a disfrutar. Se quedó junto al mostrador, como si no se atreviera interrumpir a los que hablaban, y aguardara pacientemente a que tuvieran voluntad de atenderlo. Don Filiberto Juárez hablaba con un forastero:

"—Escuche mi buen consejo: olvide al que anda buscando; si pregunta por él en las calles, lo encontrarán sospechoso, y el que cae en la cárcel de Tonantlán, ya puede despedirse de la luz del día.

"—No soy enemigo del gobierno —el forastero explicaba con mucha paciencia, mientras los dos vecinos se divertían observando su indumentaria: nadie, ni en sueños, se habría atrevido a ponerse en Tonantlán unas botas como las que él calzaba, ni usar un sombrero como con el que cubría su cabeza—, lo que sucede es que trabajo en *El Imparcial* de Guadalajara, y el director del periódico quiere que lo entreviste, y tanto es su interés que me ha ordenado pagar cualquier precio al que me lleve donde él se encuentra.

39

"Desde el primer instante, Rogelio Zermeño había adivinado a quién buscaba el forastero, a pesar de que nadie había pronunciado su nombre en la cantina. Sabía por experiencia que cuando la gente bajaba la voz y lanzaba miradas de reojo, se refería infaliblemente a Pascual Gutiérrez; para algunos encarnaba el miedo y para otros la esperanza, miedo y esperanza que nadie se atrevía a manifestar en voz alta.

"—Conozco y hasta soy amigo del que busca; pero lo que usted pretende nadie en sus cinco sentidos se lo aconsejaría —le advirtió Rogelio Zermeño—, las autoridades de aquí se opondrían, y aunque no se opusieran, nadie, ni sus propios hombres, conocen a punto fijo su paradero. El rebelde desconfía hasta de su sombra, y para cuidarse, para que nadie lo sorprenda, una noche se acuesta en la punta de un cerro, y al día siguiente amanece Dios sabe dónde.

"El periodista le preguntó si aceptaría beberse una copa en su compañía.

"—A ver, don Filiberto, sírvame un coñac. Soy como la gente antigua que sabía apreciar lo fino; hoy los hombres nomás beben tequila y mezcal... ¿Me oye, don Filiberto? Sírvame un coñac, pues el señor periodista tendrá la amabilidad de pagármelo. Don Filiberto, no derrame ni una gota, que es un crimen desperdiciarlo... ¿Verdad, don Filiberto, que no debo desairar al forastero? Tenemos que demostrarle, aunque vea el pueblo arruinado, que no siempre fue así, y que aún quedan personas cortadas a la antigua.

"Rogelio Zermeño miró en silencio, con aire meditabundo y triste la copa de coñac, el coñac que le despertaba recuerdos de la riqueza a la que nunca había renunciado. Pensaba que la riqueza le pertenecía por derecho, como los blancos son blancos, y los morenos morenos, sin que tengan que hacer ningún esfuerzo especial para serlo. El periodista le preguntó cuándo había visto por primera vez al rebelde.

"—Desde niño conozco al que busca, y lo conozco mejor que nadie; pero no comprendo por qué trata de hablar con él; en cambio, a mí, que he sido toda mi vida una persona decente, no me buscan ni los perros... Bueno, no lo aburriré con mis cosas, pues ni siquiera a los amigos les interesan mis pensamientos.

"Cuando Rogelio Zermeño se bebió la primera copa de coñac, el periodista lo invitó a tomarse otra, y le rogó que le contara todo lo que supiera de Pascual Gutiérrez.

"—Los Gutiérrez nunca fueron gente de alcurnia. Antes nadie los tomaba en cuenta; pero ahora usted viene desde Guadalajara, y quiere hablar con él. En cambio, allá a nadie le importaría saber que me estoy pudriendo en este pueblo arruinado... Y usted debe estar creyendo que soy de esos individuos que se venden, y cualquiera puede comprar su voluntad con unas copas...

"—Advierto que es persona educada, y le gusta tratar bien a los extraños —aseguró el periodista en tono conciliador.

41

"—Parece que podremos entendernos —manifestó Rogelio Zermeño y le dio un trago a su copa de coñac—; pero en verdad no sé qué contarle; él era un muchacho como los demás, y no se distinguía en nada... Bueno, sí, era más fuerte, hábil y atrevido, y era natural; sólo así pudo haber llegado a lo que es ahora... (Entonces yo suspiraba por parecerme a él; pero al crecer, al darme cuenta de la realidad de las cosas, comprendí la ventaja de ser hombre de paz, y no verme obligado a ocultarme en los montes. Sí, señor, prefiero mi suerte por triste que sea, y por arruinado que esté.) Desde chico Pascual Gutiérrez sentía un gran cariño por los caballos, hasta los acariciaba y les hablaba por su nombre, como si fueran cristianos, y no animales punto menos que salvajes. Apenas alcanzó el tamaño suficiente, se montó en el lomo de un caballo, y se dedicó a cabalgar por los llanos. A mí siempre me ha parecido que los caballos son criaturas del demonio: en las noches arrojan lumbre por los cascos, y relinchan con la furia del infierno...

"El periodista sacó una libreta y un lápiz, y comenzó a escribir en taquigrafía. A Rogelio le sorprendió aquella nunca vista rapidez, y sintió angustia de considerar que sus palabras, sin perderse ninguna, serían consignadas por la mano ágil del periodista. Más tarde, aunque se lo propusiera, le sería imposible negar ese testimonio escrito, y sus negativas sólo empeorarían su culpa, la volverían más imperdonable a los ojos de sus enemigos, ya que a la primera culpa añadiría la cobardía de no sostener sus palabras, porque él ni soñaba sostener lo que había afirmado, si representara el menor riesgo de recibir un daño; pero en ese momento el coñac lo envalentonaba.

"—Ahora mandan los Santiago, gente nueva aquí, y no como la antigua que atendía a la razón y a la justicia... (Esto no vaya a apuntarlo.) Mi padre durante años fue jefe político, y ninguna persona decente tuvo motivos para quejarse. ¿Verdad, don Filiberto? Ahora los Santiago se rodean de asesinos, y hasta los llaman de otros pueblos. Esto se lo cuento no para que lo escriba, sino para que comprenda que puede perjudicarme; tampoco usted se sienta muy seguro, pues los Santiago son capaces de enviar un asesino hasta Guadalajara... (Eso no lo apunte, por vida suya...) Pero volviendo a lo que le contaba, el que usted busca siempre fue un rebelde sin remedio; a los 17 años, ya predicaba dizque a favor de la libertad, y fue uno de los primeros que tomó las armas y se subió al caballo... A mí siempre me ha parecido que de no ser por los caballos, aún gozaríamos de paz, porque ¿cuál rebelde se atrevería a cruzar a pie los llanos, y alcanzar la Sierra del Tigre, donde encuentran refugio seguro, y quedan impunes sus maldades? Pero déjeme contarle cómo sucedieron las cosas. Cuando estalló la revolución, mi padre cargó todo el dinero que pudo llevarse, y fue a refugiarse a Guadalajara. Mucho tiempo después, regresó a la casa, pero ya nunca volvió a ser el mismo de antes; venía enfermo y arruinado, y se puede decir que sólo regresó a morirse. Las malas lenguas aseguraron que mi padre se dedicó en Guadalajara a la borrachera y a la perdición, y que en licores y en casas de mala nota despilfarró el dinero que debería heredarme. Yo no lo vi, pero dudo que haya sido cierto, pues mi padre siempre fue un individuo de buenas costumbres, y aunque lo embargaran las penas, dudo que en sus últimos días se haya dedicado a la juerga. Lo que sucedió fue que los tiempos eran malos, y se arruinó en negocios desafortunados; pero lo cierto es que mi padre se fue a la tumba, porque no pudo soportar ver cómo habían cambiado los tiempos...

"Rogelio Zermeño siguió bebiendo y hablando, y el periodista escribiendo en su libreta; pero llegó un momento en que sintió que el coñac le nublaba el entendimiento, y terminó declarando:

"—Seguramente ahora le doy asco y piensa: "Este tipo rastrero me contó lo que sabía a cambio de unas copas. Tal vez ahora hasta me ofrecerá a su hermana." Pero soy un Zermeño de buena ley, orgulloso de mi apellido, y ni por cien pesos, ni por todo el oro del mundo, lo conduciré a donde se encuentra el que busca. Es cierto que no hay peor peste que la del pobre que fue rico; pero su desprecio me tiene sin cuidado. Soy un Zermeño, y el que lleva mi apellido, en el peor de los casos está muy por encima de un forastero.

"Rogelio Zermeño se alejó de prisa, y ni una sola vez volvió la cara hacia el periodista. El forastero no parecía impresionado por las palabras de Rogelio, y se dedicaba tranquilamente a revisar sus notas.

44

CAPÍTULO 5

"Gracias al coñac, las calles ya no le parecían tan lúgubres, vacías y desoladas. Además, en ese momento tenía una esperanza. Rogelio Zermeño escuchaba los pasos que habían comenzado a seguirlo desde la cantina, y sólo no volvía la mirada, porque su dignidad de Zermeño se lo impedía. Al principio, el que lo seguía conservaba siempre igual distancia; pero después se había apresurado, y cada vez se acercaba más. Se dirigió hacia las orillas del pueblo, donde nadie pudiera verlo hablar con el periodista.

"Un sentimiento de riqueza y abundancia lo acompañaba, el coñac le hacía un cosquilleo agradable en el estómago, y Rogelio Zermeño por una calle ancha, derecha y deslumbrante de sol, se encaminó a La Purísima. Se acercó al mostrador, le enseñó al tendero las monedas que le había dado el periodista y le preguntó con firmeza:

"—¿Puedes fiarme un kilo de maíz y otro de frijol?

"—Ahora no tiene necesidad de que le fíe.

"—Nunca cambio de idea; o me fía, o iré a comprar a otra tienda.

"Sin despedirse y sin dar las gracias, Rogelio Zermeño se alejó con los paquetes de mercancías que le habían fiado. Aquella pequeña victoria era un triunfo completo para él, el segundo triunfo que alegraba a su corazón esa mañana, y las primeras satisfacciones que recordaba en varios meses de amarguras y fracasos, de maldecir a cada rato la negrura del destino.

"Nadie le había avisado a Hermelinda; sin embargo, en el momento justo salió a recibirlo a la puerta de la calle, y le recogió los paquetes a su hermano.

"Mientras Hermelinda preparaba la comida, Rogelio Zermeño se deslizó al corral. En un jarro que encontró entre la basura escondió el dinero que le había dado el periodista, y con la punta de una rama hizo un agujero al pie de un guayabo que tenía unas flores blancas y olorosas. Después, con la tierra suelta borró cuidadosamente las señales de su avaricia.

"Se dirigió al corredor de la casa, y se sentó en una silla frente al patio a esperar la comida. El coñac ya no le producía cosquillas agradables, sino una gran inquietud, un desesperado y desagradable movimiento de entrañas que reclamaban alimento con urgencia. Para olvidar el hambre, se dedicó a madurar sus planes. A veces pensaba que le convenía tomar una determinación y después otra, pero no se decidía. Se dejó arrastrar por la imaginación. Acudieron a su memoria los recuerdos de su infancia, cuando su padre era rico, y Rogelio se embriagaba con el orgullo de apellidarse Zermeño; pero en su niñez también había recuerdos tristes: Pascual Gutiérrez en todos los juegos lo aventajaba, y aún continuaba llevándole la delantera en la vida. Pensó con odio en el periodista, y lo odiaba porque estaba dispuesto a malgastar su dinero con tal de ver al rebelde.

"Los pensamientos de Rogelio Zermeño, aunque insidiosos y complicados, lo distraían, lo apartaban de la realidad, donde su estómago exigente le reclamaba alimentos. Transcurrió el tiempo, y el reconfortante olor de la comida invadió la casa. El hombre hizo acto de presencia en la cocina.

"Después regresó a su silla favorita, la que había ocupado antes de la comida. Ahí se distrajo mirando cómo la luz de la tarde bajaba por las paredes y las ramas de los árboles. Las melancólicas campanas de la iglesia llamaron monótona, insistentemente al rosario. Rogelio Zermeño continuaba sentado, gozando el fresco de la tarde, rumiando sus pensamientos. Cuando la oscuridad ya no le permitía ver sus manos, las campanas continuaban llamando monótona, insistentemente al rosario.

"El cantinero trató de limpiar con un trapo el manchado mostrador de madera, le sirvió una copa a Rogelio, y le anunció en las penumbras que en lugar de disiparse se tornaban más tétricas, por culpa de la vela que chisporroteaba sobre el cuello de una botella:

"—Los federales aniquilaron a Rafael Costa y a toda su gavilla. ¿Quién podía adivinarlo? ¡Pobre

47

amigo! Tantas veces que estuvo aquí tomando la copa, como ahora usted, y se halla muerto, muerto y enterrado en el campo vil, muerto sin confesión y sepultado en tierras que nadie bendijo, muerto y sepultado como un hereje. ¡Triste suerte la suya!

"—Era un rebelde como Pascual Gutiérrez —dijo Rogelio con tristeza, pues el cantinero se le había adelantado con la nueva—. Deja en el desamparo a su mujer, y no sé cuántos hijos. Bueno, ni tan desamparados; la fama cuenta que el padre de Rafael además de la fortuna que tiene enterrada en el corral de su casa, es dueño de muchas tierras.

"Rogelio Zermeño y el cantinero se alegraron al ver llegar a dos vecinos, y no porque fueran sus amigos, sino porque en los últimos tiempos, las gentes se encontraban en cualquier parte y pensaban: *¡Vaya!, éste es de los pocos que quedan en el pueblo, de los pocos que han tenido la fortuna de no ser alcanzados por la muerte ni las enfermedades, y no se han ido a buscar lugares más seguros.* Las gentes se miraban y se remiraban las caras, pues no era raro que a los que se veía hoy, ya no era posible verlos mañana. Rogelio y el cantinero pensaron (o ni siquiera lo hicieron, porque era perder el tiempo) que los recién venidos no eran ricos pero sí afortunados; se habían dado maña para ahorrar algunos centavos; y las copas de tequila, junto con la plática, les ayudarían a olvidar durante un rato sus vidas monótonas y sin esperanza.

"En cuanto entraron los dos vecinos, Rogelio se apresuró a contarles la muerte de Rafael Costa y su gavilla. Ellos no sabían la noticia, y él se sintió feliz, porque una vez más afirmaba su renombre, su fama de ser el individuo más bien enterado del pueblo, y tan hábil y veloz como para sacarles ventaja a sus competidores, y pregonar las noticias a los cuatro vientos antes que perdieran su novedad, su sabor a escándalo, y el pueblo las desdeñara por viejas.

"Con pasos inseguros y torpes Rogelio Zermeño caminaba por las calles oscuras, mientras una y otra vez (como moscas a la podredumbre) volvían a su memoria las palabras del cantinero: *Tomaba sus copas, como ahora usted, y yace muerto y enterrado, muerto sin confesión, y enterrado en el monte como un hereje... Su alma debe andar vagando en pena, y no encontrará reposo, porque sólo pueden descansar en paz los cuerpos que yacen en tierras santificadas... Estas noches sin luna ni estrellas les gustan a los condenados para aparecerse a los vivos. Son visiones espantosas que aterrorizan al más valiente, que ponen a cualquiera al borde de la locura, y hasta el más sano se enferma de fiebre biliosa. ¡Dios me libre de demonios, brujas y aparecidos, seres malignos, enconados enemigos del hombre!*

"El miedo obligó a Rogelio Zermeño a caminar más aprisa. Después de asegurarse que nadie pasaba por la calle, empujó la puertita, se metió en el corral, y se acercó a la troje donde los Santiago guardaban el maíz y el frijol de su cosecha, junto con el maíz y el frijol que por extraños medios había llegado a ser parte de su cosecha. La voz ronca de Juan Santiago lo guió en la oscuridad y le indicó el camino.

"—Ni siquiera quedamos en vernos; pero te conozco, y estaba seguro de que acudirías, y no me dejarías en la ignorancia.

"—Hace mucho que te niegas a prestarme unos centavos.

"—Ya me cansé de prestarte, y no me importa que te niegues a contarme las noticias. En este pueblo abundan los chismosos, y a más de alguno le gustaría convertirse en mi confidente, y darse el placer de alejarte de mi lado.

"—Las nuevas que te traigo nadie más puede dártelas.

"—Primero habla, y después te diré lo que pienso.

"Juan Santiago escuchó atentamente las palabras que Rogelio murmuró a su oído; pero las noticias no acabaron de agradarle y dijo:

"—Todavía falta el principal de los rebeldes. La revolución estará viva hasta que no logremos aplastarlo, destruirlo, borrar hasta el recuerdo de Pascual Gutiérrez.

"Nuevamente Rogelio le habló al oído; pero el presidente municipal le replicó:

"—Ni aunque me volviera loco, se lo permitiría. Claro, no puedo meter en la cárcel al periodista; sería ir contra la libertad de prensa; pero se lo encomendaré al Zurdo. Si vienen de Guadalajara a investigar, todo mundo atestiguará (aconsejado por mí) que tuvo la mala suerte de encontrarse un borracho; discutieron, llegaron a las manos, y salió perdiendo el periodista.

"—El periodista vino a hacernos un favor; es un buen pretexto acompañarlo a la sierra. En la sierra yo me encargo de convencer a Pascual de que abandone las armas, y regrese al pueblo. Le diré que te hallas dispuesto a perdonarlo, con tal de que se ponga a vivir en paz.

"—No comprendo la necesidad de que el periodista intervenga; pero estoy seguro de que el rebelde se halla muy escaldado, desconfía hasta de su sombra, y no será fácil que te crea, ni que se deje convencer como un niño de pecho.

"—Yo me encargo de convencerlo. Sé cuál es su lado flaco, y conozco sus debilidades. Después, sólo tienes que dejarlo en paz un tiempo, para que recobre la confianza, y crea que todo se halla olvidado.

"—Con asegurar que lo perdono no pierdo nada; en cambio, él sí puede salir perjudicado.

"—Cada día estoy más arruinado. ¿Podrías prestarme dinero para los gastos del viaje?

"—Ya me imaginaba que era un pretexto para sacarme dinero; pero no te burlarás de mí. Ahora irás, y con tu vida me respondes que regresa junto contigo. Después de todo, es tu amigo del alma, y si no te veo nunca más dando vueltas por las calles como un pájaro de mal agüero, mi alma descansará un poco del odio que me inspira ese individuo —afirmó Juan Santiago con voz ronca y amenazante.

CAPÍTULO 6

"Rogelio se acercó con miedo y desconfianza al caballo que le había tocado en suerte, uno de los dos caballos que había alquilado el periodista. Desde joven los odiaba, y sólo porque le era preciso emplear una cabalgadura, se resignó a montarla. Parecía un enfermo lleno de miedo y dudas que se resigna a tomarse una medicina amarga, con la esperanza de librarse de padecimientos incurables.

"Antes del amanecer, los dos hombres ya cabalgaban por los llanos de Tonantlán. Tiempo después, una enorme bola de fuego ascendió sobre los montes que se perfilaban en la lejanía. Los viajeros pudieron contemplar la llanura que se extendía desoladamente hacia los cuatro puntos cardinales. Rogelio Zermeño pensó con desencanto: *Dios les echó la maldición a estas tierras; no crecen árboles ni prosperan los sembrados; sólo hay polvo, viento y soledad.* Los viajeros avanzaban paso a paso, con lentitud desesperante. De vez en cuando descubrían una mancha de hierba amarilla, o un mezquite enano incapaz de redimirlos del despiadado sol de la llanura.

"—Antes abundaban los rebaños y los sembrados, y la llanura se ondulaba como una bandera verde con el viento; pero ahora todo mundo se niega a trabajar, y se niega porque sería fatigarse en provecho de los rebeldes, sería malgastar tiempo y dinero en un abismo sin fondo —dijo Rogelio Zermeño, y agregó—: Ante sus ojos tiene la mejor prueba de que las revoluciones nos han arruinado. ¡Mire nomás que desiertos! La maldición de Dios cayó sobre la tierra, y la tierra enferma se desmorona, se niega a dar frutos y se muestra avara como nunca.

"El viento comenzó a agitarse, a aullar, a levantar remolinos de polvo, a barrer, a azotar con furia los llanos que se extendían sin estorbo hacia los cuatro puntos cardinales. Tan decididos, tan tercos como el viento, los viajeros seguían avanzando por las veredas. Las veredas se encontraban, se separaban, se volvían a juntar, otra vez se alejaban, volvían a unirse, tejiendo y destejiendo una red gigantesca, dibujando un mapa de las esperanzas, las angustias de los viajeros. Cuando la sierra se ocultaba en los remolinos de polvo, los hombres se sumían en la duda; pero después el cielo se aclaraba, y la mole parda y distante de la serranía bastaba para confirmarlos en la esperanza.

"—Si tan sólo pudiéramos descubrir una sombra —dijo Rogelio Zermeño cuando el sol ardía en medio del firmamento.

"Sentía ganas de regresar a Tonantlán, mas el deseo de realizar lo que tenía pensado le daba valor para vencer el odio y la repulsión que le causaba la sola estampa de un caballo: *Los revolucionarios (Pascual Gutiérrez y todo el resto de malditos facinerosos) son jinetes ejemplares, y sin caballos, sin los malditos caballos, se verían imposibilitados para*

53

luchar, y no les quedaría otro remedio que arrastrar-
se en el polvo de su impotencia.

"Los viajeros descubrieron un jacal, un refugio de pastores, perdido en la soledad de los llanos. Un perro salió ladrando al encuentro de los hombres; pero su dueño lo llamó a su lado, y el animal tuvo que conformarse con gruñir mientras aplastaba su hocico sobre la tierra. Los viajeros pidieron hospitalidad, la hospitalidad campesina (derecho, ley de los llanos) que el dueño del jacal les otorgó sin vacilaciones. Aunque afuera del jacal aún había luz, adentro ya se acurrucaba la fría oscuridad de la noche, y para conjurarla la lumbre ardía sobre el suelo, entre cuatro piedras que sostenían un comal. El periodista, aunque no estaba hecho a la vida y las costumbres del campo, no resistió la invitación del fuego, y se acuclilló al lado del comal.

"—¿Ha oído mencionar en estos rumbos al famoso Pascual Gutiérrez? —le preguntó Rogelio al dueño del jacal que se acuclillaba humildemente en las sombras.

"—Soy gente de paz y sólo sé lo que todo mundo sabe: que es el azote de los ricos y los déspotas; pero esto no le impide apiadarse de los pobres... A veces llevo a mis animales a pastar a los montes; pero no he tenido ocasión, ni para bien ni para mal, de conocerlo.

"—¡Qué lástima! Me hubiera gustado tener noticias suyas. Si acaso lo encuentra, avísele que su amigo Rogelio lo busca, que le urge hablar con él.

"—Si puedo, lo haré, pero es difícil que llegue a topármelo en la inmensidad de la sierra —le respondió el pastor, que se agazapaba humildemente en las sombras.

"Al amanecer los viajeros reanudaron su camino. Deseaban atravesar los llanos, querían salvarse del viento y el polvo que los asediaban. Envidiaban a las golondrinas que cruzaban el aire de la mañana, que en un momento burlaban la distancia, y se convertían en puntos negros apenas visibles en la lejanía.

"Las jornadas se sucedían unas tras otras sin interrupción. Los viajeros sólo se detenían para comer y dormir. Rogelio Zermeño no tenía costumbre, ni voluntad de soportar fatigas. Se sentía cansado, aburrido de cabalgar, y recordaba con nostalgia el fresco patio de su casa, la vida pacífica al lado de su hermana, las sabrosas murmuraciones con los vecinos... Pero ni sufrimientos mayores lo habrían obligado a volverse; pensaba que del buen éxito de la empresa dependía que en adelante ya no tuviera que preocuparse, ni afanarse, ni sentirse humillado, ni violar las cartas de Hermelinda, y luego sentirse culpable y arrepentido de haber violado el secreto, porque el violarlo sólo le había acarreado humillación y celos: *'El portador de la presente, mi hermano, tratará de convencerte; pero no deseo que cumplas tu promesa. Para que tu conciencia esté tranquila, te devuelvo tu palabra, y gustosa renuncio a la felicidad que me prometiste... El compromiso mayor de tu vida lo tienes con los pobres; más que nada deseo que no*

55

renuncies a la lucha, que nunca desampares el dere-cho de los pobres, hasta que cada campesino tenga una parcela que lo redima de la pobreza. Pero si te cansas, si cedes, si reniegas, si te dejas convencer por Rogelio, y me sacrificas tus ideales, me sentiré halagada. Y te hablo así, porque soy mujer, porque las mujeres somos frágiles y débiles, y nuestra única fuerza es la debilidad, y más que nada deseo que doblegues, que venzas mi deseo de verte fiel a tus ideales... Pero no así. ¡Renuncio! No escuches mis ruegos; el amor, el verdadero amor, no admite víc-timas, y el sacrificio del amado no debe ser la dicha de la amada. ¿Cómo pedirte que renuncies? Luchar es tu vida, luchar te honra, te sublima, te vuelve amable y te hace amado. Sólo si triunfas (no digo fracasas; tú, y los que son como tú, no aceptan de-rrotas) podrás pensar en el regreso. Si renuncias, si abrevias tu regreso, gozaré el placer de retenerte, breve placer; nunca podrás perdonarme ni perdo-narte... ¡Qué angustia! ¡Qué infierno! No puedo pedirte que regreses, ni puedo, siendo sincera, ale-grarme de tu ausencia; sin embargo, una cosa me queda, algo que toda mujer tiene por orgullo de su sexo: la resignación, la docilidad, el sometimiento. Tu voluntad será la mía; habla, y te obedeceré; or-dename esperar, y esperaré cien años...'

"Muchas veces Rogelio pensó romper la carta, gozó imaginando que la rompía, que la despedazaba, que la reducía a mil pedazos que arrastraría el vien-to, que se perderían como bandada de palomas blancas en la inmensidad de la llanura; pero lo contuvo pensar que la negativa de Hermelinda, su renuncia apasionada, sería más eficaz que los ruegos y las lágrimas.

"Los viajeros dejaron atrás las jornadas grises, polvosas y aburridas, y empezaron a subir por las faldas de la sierra; pero ni siquiera miraban los bosques, ni gozaban la fragancia de los pinos; sólo tenían un pensamiento fijo, y nada era capaz de interesarlos ni de distraerlos.

"—Será difícil que encontremos al rebelde en estas soledades —murmuró el periodista como si hablara consigo mismo.

"—Si no lo hallamos, él nos encontrará —respondió tercamente su acompañante.

"Las veredas empinadas y angostas, bordeadas de abismos oscuros, no eran buenas para caminar de prisa. Rogelio Zermeño no se entregaba al llanto, porque se lo impedía el respeto, y pensaba: *No nací para cabalgar en estos montes; pero él ya me pagó, y no puedo regresarle los pesos que con tanto cariño enterré en el corral de mi casa. El periodista nunca se queja, y si por dentro sufre, se lo guarda en secreto. Su deseo de encontrar a Pascual Gutiérrez debe ser tan fuerte como el mío, y eso lo sostiene, como a mí, a pesar de ser débil y cobarde.*

"Los viajeros seguían caminando, y ni el hambre, ni los alimentos que se agotaban, ni el frío de la noche, ni el peligro de una caída mortal, los desanimaban. Rogelio había renunciado al caballo, pues le parecía más seguro y cómodo valerse de sus pies.

"Un día (que no sabrían determinar, pues todas las jornadas les parecían iguales en sus peligros y fatigas) en mitad de la vereda, un individuo les marcó el alto con un fusil 30-30.

"—Soy amigo de Pascual Gutiérrez —le gritó Rogelio Zermeño con toda la fuerza de sus pulmones, con la desesperación que le infundía considerarse en peligro mortal.

"Se recordó a sí mismo en algún momento de su pasado gritando aquellas palabras: 'Soy amigo de Pascual Gutiérrez', y el hombre amenazándolo con el fusil 30-30. Se angustió pensando que aquella escena se repetiría por los siglos de los siglos: él gritando, y el otro apuntándole con el fusil 30-30. Cuando se calmó un poco, creyó ver algo familiar en aquel rostro, algo que le recordaba al dueño del jacal. Rogelio no tuvo tiempo de confirmarlo. Atrás de unas rocas apareció Pascual Gutiérrez, y el centinela de la serranía se alejó perdiéndose entre los árboles.

CAPÍTULO 7

"El periodista y los dos amigos subían por un tajo de la montaña, buscando apoyo en las matas, en las salientes de las piedras.

"El miedo se apoderó de Rogelio; el hombre quería devolverse; pero ni siquiera se atrevía a mirar hacia abajo, hacia el vacío que lo aguardaba si cometía un error. Pascual Gutiérrez sintió lástima, y gracias a la ayuda de su mano vigorosa y decidida, Rogelio Zermeño se atrevió a agarrarse de las matas, a apoyar los pies en las rocas; pero su avance era inseguro, y sólo no se caía porque su amigo lo agarraba de la ropa, le daba ánimos y le aconsejaba: 'Pon el pie en esa parte... Cuidado con las matas espinosas...'

"El periodista, aunque se fatigaba y sudaba, aunque carecía de práctica, soportaba dignamente la prueba. En cambio, a Rogelio no le avergonzaba que su amigo lo arrastrara, que lo manejara como a un muñeco de trapo. Nomás le preocupaba el peligro, el terror de dar un paso en falso, el miedo de rodar hasta lo profundo.

"Cuando los hombres terminaron de subir, llegaron a una meseta redonda (que parecía un comal gigantesco) bordeada de abismos, tajos, paredones y despeñaderos. El belicoso espíritu de la montaña había construido una fortaleza, un puñado de guerrilleros decididos podía defenderla, y hasta resistir a un ejército pertrechado de ametralladoras y cañones. Junto al campamento formado por jacales, los guerrilleros descansaban tomando el sol de la mañana. Eran hombres rudos, mal vestidos, pero estaban bien armados con fusiles 30-30. Todos mostraron gusto por el regreso del jefe; pero también asombro ante los dos forasteros, los dos visitantes que profanaban el campamento inviolado, la fortaleza tenida por inaccesible.

"Pascual Gutiérrez escogió para la conferencia el abrigo de unos árboles altos y frondosos, y les anunció a los rebeldes reunidos bajo la sombra, que el periodista les hablaría. Ellos se quedaron asombrados, con una desconfianza salvaje pintada en el rostro, como si presenciaran un acto de magia negra. El periodista les hablaba con palabras elevadas, floridas, elegantes, oratoria aprendida en la plazuela y en las reuniones políticas. Los guerrilleros apenas entendían, y no se atrevían a responder sus preguntas; el forastero, aunque lo había llevado Pascual Gutiérrez, no dejaba de ser forastero. Los campesinos sabían por amarga experiencia, la experiencia de los años, que los hombres de las ciudades se burlaban de ellos, trataban de engañarlos, de explotarlos, de imponerles leyes extrañas, de nublar su entendimiento con una palabrería insidiosa.

"—Les pregunta qué pretenden con su lucha —tradujo el jefe al estilo de expresarse de los campesinos—. ¡Respóndanle! Lo he traído, porque creo que tiene buenas intenciones.

60

"El más audaz de los guerrilleros le ofreció una botella de mezcal al periodista. Éste consideró impolítico rehusarse, y le dio unos pequeños tragos a la botella, exagerando el placer que le producía la bebida. Uno de los hombres le informó:

"—Estoy en el monte, porque mi ilusión es tener un pedazo de tierra. Nomás quiero una parcela para trabajarla y para alimentar a mis hijos. No es mucho pedir, ¿verdad? Quiero que a los ricos les quiten sus tierras, y nos las den a nosotros. Sólo abandonaré las armas si me cumplen mi deseo.

"—Ya me había aburrido de trabajar para los ricos —aseguró otro revolucionario—. Me afanaba desde que Dios amanecía hasta el anochecer, y nomás lograba vivir lleno de deudas. No pude soportar tanta injusticia, y me vine al monte.

"El periodista le habló al grupo de campesinos armados:

"—Sus peticiones son justas; pero ¿nunca se les ha ocurrido que las autoridades pueden perdonarlos, y repartirles tierras, si se muestran dispuestos a dejar la lucha?

"Los hombres guardaban un silencio rencoroso; el periodista encarnaba al eterno enemigo (cura, extranjero, funcionario, militar, hacendado), al enemigo de sus padres y de sus abuelos, al hombre rico, al amo despótico y despiadado; pero uno de los guerrilleros, tal vez el más audaz, o quizá el más resentido, recordó que a su alcance tenía un fusil 30-30, lo que le dio valor para contradecir al extraño:

"—Si dejamos las armas, se negarán a darnos tierras; pero de todos modos obedeceré las órdenes del jefe, y las obedeceré al pie de la letra.

"—Pascual Gutiérrez es muy listo, y nadie puede engañarlo —dijo otro guerrillero.

"Hubo risas alegres, liberadoras. Todos los rebeldes hablaron al mismo tiempo:

"—Sí, sí, nadie puede engañar a nuestro jefe; haremos sólo lo que él nos indique.

"El periodista interrogó con la mirada a Pascual Gutiérrez. Con rabia contenida, con disgusto mal encubierto, les dijo a los rebeldes:

"—Creo que el periodista no miente, creo que habla de buena fe. Es posible que el gobierno se haya cansado de combatirnos, y se disponga a repartir algunas tierras; pero no puedo saberlo de seguro, y tal vez sufriremos una desilusión. Sólo sabremos la verdad, si nos rendimos, y si nos rendimos, pueden aprovecharse, y no deseo cargar con el peso de sus sufrimientos.

"—Debemos pensarlo bien —opinó uno de los rebeldes.

"—Pensando no conseguiremos nada. Corremos el riesgo, o nos quedamos aquí. Deben decidirlo, para que este señor lo publique en los periódicos, y las autoridades lo sepan y tomen una determinación.

"Pascual Gutiérrez, el periodista y Rogelio Zermeño se alejaron a otro grupo de árboles, y los tres se sentaron bajo la sombra.

"—Es su lucha, y ellos decidirán —afirmó ásperamente el jefe de los rebeldes.

"—No hay que precipitarse —le aconsejó el periodista—. Aún falta que el gobierno conceda el perdón... Claro, si se mostraran dispuestos a dejar las armas, el asunto resultaría más fácil, y se ganaría una buena parte...

"—Por tu bien y el de tus hombres deberías convencerlos —le pidió Rogelio Zermeño.

"—Si los traicionan, no quiero que puedan creer que los vendí, ni quiero cargar en mi conciencia con el peso de sus sufrimientos.

"Pascual Gutiérrez miró con odio a los que lo acompañaban; pero logró contenerse, y regresó a donde se reunían sus hombres. Lo siguieron el periodista y Rogelio Zermeño.

"Los revolucionarios continuaban discutiendo. La botella de mezcal pasaba de mano en mano, como si le pidieran inspiración y buen consejo. Aunque nadie se avenía a las opiniones de los otros, todos consideraban que lo más conveniente era someterse a la voluntad del jefe. Pascual Gutiérrez terminó con las vacilaciones, cuando dijo:

"—Diremos que deseamos someternos al perdón, y cuando llegue la respuesta, si es que llega, decidirán lo que les convenga.

"Pascual Gutiérrez se alejó de prisa, con la mirada puesta en el suelo, dando las espaldas al grupo de guerrilleros... Cuando se había retirado bastante, y nadie lo veía, escupió repetidas veces la saliva amarga del enojo. Todavía no acababa de escupir, cuando lo alcanzó Rogelio Zermeño, y le ofreció la botella de mezcal que con mañas les había quitado a los rebeldes. El jefe de los guerrilleros trató de borrar el mal sabor de su boca, mientras dominaba sus ganas de gritar: ¡Debí haberlos fusilado a ti y al periodista en cuanto empezaron a hablar de perdón!

"—Si el supremo gobierno te perdona, Juan Santiago no se atreverá a oponerse; aunque es soberbio con los de abajo, es humilde y manso con los de arriba.

"—Debes creer que soy rebelde por mi gusto (pero mi deseo es ver a la gente contenta y sin rencores. Sólo estoy aquí, porque es el único medio que conozco de hacer algo por la justicia). Quizá crees que busco un pretexto para no cumplirle a tu hermana; pero en la primera oportunidad te demostraré lo contrario.

"—Hermelinda también te quiere, y no se cansa de alabarte; pero hasta los santos se aburren de esperar.

"Pascual Gutiérrez prefirió no responder, temió que lo dominara el enojo. Pensó con amargura: *Debí haberlos fusilado en cuanto empezaron a hablar de paz; ahora estaría más tranquilo.*

"—Sí, ella te quiere, y piensa en ti todo el tiempo. Mira, aquí te traigo una carta que te envía mi hermana.

"Después de leer la carta, el rebelde manifestó con vehemencia que rayaba en el enojo:

"—Ignoro si te habrá platicado lo que me escribe; pero el caso es que le di palabra de matrimonio, y debo cumplir con ella. Hasta ahora no lo he hecho, porque me encuentro en un camino difícil de desandar. . . En fin, quizá la suerte dispuso que viniera el periodista, quizá las cosas podrán componerse por las buenas. . .

"Luego de hablar pensó con amargura: *Debí haberlos fusilado en cuanto pusieron un pie en la sierra; ahora estaría más tranquilo.*

CAPÍTULO 8

"Rogelio miraba las paredes con asombro, como si no las reconociera, como si hubiera perdido la esperanza de regresar, como si fuera Lázaro el Resucitado, y en sus ropas perdurara el olor de la muerte, como si fuera un hombre de otro planeta, y se maravillara ante las cosas más familiares: el piso, las paredes, los techos de la casa donde había vivido desde su infancia, la casa que le había heredado su padre, la casa que conocía de memoria hasta el último rincón.

"Hermelinda lo recibió con su expresión de siempre: algo preocupada como si pudiera mirar en el fondo de las cosas y en el interior de la gente, y al mismo tiempo tranquila por la seguridad que le ofrecían sus dones sobrenaturales. La muchacha guardaba silencio, esperaba las palabras de su hermano, porque no había necesidad de rogarle que hablara.

"—Los caminos de la sierra le quitan las ganas de viajar al más animoso. Despeñaderos por aquí, abismos por allá, peligros, sed y fatigas en todas partes... —se quejó Rogelio Zermeño, y continuó con sus quejas; cuando comenzaba a lamentarse, no había poder que lo frenara—. Ni por todo el oro que guarda el banco de Guadalajara volvería a meterme en andanzas. Me encuentro fatigado hasta los huesos, harto y aburrido de ver montes y despeñaderos; sin embargo, todo lo doy por bueno. Nomás no me acompaña mi amigo, porque ahora sería peligroso; pero tal vez un buen día se decide y baja de los montes, y nos da una sorpresa. . .

"En la cocina, la muchacha se puso a encender la lumbre. Rogelio Zermeño, flojo y sin voluntad, se derrumbó como un costal de maíz sobre una silla. Hermelinda le sirvió de comer a su hermano. Rápidamente consumió todo lo que había en la mesa. Para terminar se bebió un jarro de agua, después suspiró y se quejó:

"—Tengo un dolor clavado en la espalda, un dolor tan fuerte que me priva de mis fuerzas, no me deja levantarme de la silla. ¡Por vida tuya! Ayúdame, sírveme de báculo. . .

"—Debes de haberte enfermado de tanto asolearte en los montes. Desvístete y métete ahora mismo en la cama. El descanso es la mejor medicina.

"El hombre se acostó bocabajo en su cama, y pidió con voz apagada:

"—Sóbame la espalda, pero con mucho cuidado —se quedó un rato en silencio, con los ojos cerrados, gozando el placer del masaje, luego dijo—: Cuando te cases, cuando te marches de aquí, no tendré quien me cuide. . Aunque yo también me case, nunca encontraré una mujer con tan buena mano como la tuya. . . Fíjate, Hermelinda, cuando me hallaba en la sierra, una noche soñé que iba de viaje, y una mujer muy hermosa me invitaba a su jacal, y luego a compartir su cama. . . Cuando la tomé

67

entre mis brazos, como por arte de magia se transformó en tu persona. Al contemplarte tan hermosa, no podía contenerme. Estaba a punto de cometer el pecado que no perdonan los curas; pero en el sueño me tranquilizaba pensando que te casarías con Pascual Gutiérrez, y que a él, por tratarse de mí, no le importaría, pues él y yo éramos como hermanos, y un hermano no debe sentir envidia del bien del otro... Aquel fue un sueño inspirado por el Demonio; sin embargo, yo nunca me atrevería... Tu mano la siento como una brasa ardiendo... Me quema... Seguramente tengo calentura...

CAPÍTULO 9

"EL CANTINERO, aunque ya había oído hasta el cansancio las mismas promesas incumplidas, los mismos juramentos vanos, le sirvió a Rogelio Zermeño la copa que pedía. Después, por la fuerza de la costumbre, sacó un lápiz y un cuaderno maltratado, y añadió una raya a las innumerables rayas que representaban la cuenta insoluta, dudosa y sin esperanza, que comprometía el honor, pero no la tranquilidad de Rogelio, que se puso a contarle:

"—En la sierra abundan los peligros y los malos pasos. Aquello no es vida para un cristiano, sólo buena para los tigres y los lobos. Me enfermé de fatiga, y poco faltó para que nunca regresara...

"—Cuentan que el periodista logró hablar con Pascual Gutiérrez, cuentan que la entrevista salió con todo detalle en el periódico.

"A Rogelio Zermeño le asombró comprobar que mientras luchaba con la enfermedad, los acontecimientos habían seguido su curso y el tiempo había seguido corriendo sin importarle que él estuviera vivo o muerto.

"—Si Pascual Gutiérrez decide pacificarse, no creo que trate de regresar al pueblo —opinó Filiberto Juárez.

"—Cuando él se decide, no hay peligro que lo amedrente, ni nada lo puede detener ni desviar de

69

su camino. Los Santiago, aunque se creen fuertes, no se atreverían a tanto, pues conocen la calidad de su enemigo —dijo Rogelio Zermeño, e inclinó el ala de su sombrero hacia la frente.

"—Tienen dinero para pagar asesinos.

"—Si el gobierno con todos sus elementos y sus tropas federales no ha podido acabar con Pascual Gutiérrez, menos podrán vencerlo dos o tres matones de cantina. Acuérdese, él fue uno de los primeros que se unió a la revolución, y es de los pocos cabecillas que sobreviven. De los otros ya nomás su recuerdo perdura; en cambio, Pascual Gutiérrez, aunque con menos fama, sigue en la lucha, y es como una espina clavada en la carne del gobierno... En muchos años, desde que hay memoria, es el único hombre verdadero que ha nacido en estos rumbos. Su fama de invencible ha llevado el nombre de Tonantlán a los periódicos, y la gente ya no se olvidará de nosotros —aseguró Rogelio Zermeño con entusiasmo, pero el entusiasmo se le agotó, y pidió otra copa para reanimarse.

"Era una casa que se levantaba en las orillas del pueblo, y no se distinguía en nada de las otras casas del rumbo. Con la última luz de la tarde identificó el domicilio que buscaba. Al mucho rato una mujer vestida de luto abrió la puerta, miró con desconfianza, hostilidad y miedo al visitante. Mientras Rogelio Zermeño observaba a la dueña de la casa, le pidió noticias de Rafael Costa. Ella le respondió que no sabía qué suerte había corrido.

70

"—Usted desconfía de mí, y cree que mi intención es denunciarla, pero se equivoca. Soy pariente de Rafael Costa y de veras me apena su desgracia.

"—Muchos piensan que no tenía necesidad de remontarse en la sierra; pero no saben que el dinero de don Arcadio nunca nos sacó en verdad de apuros —con las lágrimas en las mejillas la viuda le confió al hombre—: su ayuda era una miseria, miseria que más bien parecía limosna. Ahora mi suegro sigue ayudándome; pero el dinero apenas me ajusta para mantener a mis hijos... En el pueblo cuentan que Rafael se remontó en la sierra por culpa de un mal consejero... No debería ni pensarlo, pero sólo quedaría satisfecha si los zopilotes devoraran la carne del que causó su infortunio, que me condenó a la viudez y a la pobreza más negra.

"Mientras la mujer se desahogaba, Rogelio Zermeño guardaba silencio, un silencio con que pretendía demostrar compasión por la desgracia ajena.

"—Perdóneme que lo tenga en la calle, pero una mujer debe cuidar su buen nombre —dijo cuando advirtió que el visitante miraba con insistencia hacia el interior de la casa—. Mi buen nombre es lo único que puedo brindar a mis hijos; sería un crimen que además de la pobreza tuvieran que aguantar las burlas y los insultos de los vecinos... ¿Por qué se quedó tan callado, en qué piensa?

"—Considero lo triste que es la vida de las mujeres —respondió el visitante, como si en verdad se condoliera de la suerte de la viuda, como si no estuviera pensando en cosas muy diferentes.

71

"—Aunque parezca mentira, una vez fui joven, y no tenía el cuerpo marchito, ni maltratado por culpa de los hijos. Cuando me casé era una tonta, me hacía ilusiones, pensaba que todo seguiría como al principio, pero apenas transcurrida la novedad del matrimonio, mi esposo se marchó a no sé dónde, y mi matrimonio se convirtió en una historia de sufrimientos, pobrezas y soledades...

"—Usted aún es joven, y su apariencia atractiva...

"—Lo estoy aburriendo con mis confidencias; pero la soledad tiene una mano muy rigurosa y pesada. Hay veces que me sorprendo hablando sola; me da miedo volverme loca, me da miedo morirme y no tener quien me cierre los ojos.

"—Me alegra que empiece a confiar en mí, aunque sólo sea porque soy pariente de su marido.

"—A pesar de que cuando gozaba de vida, no me hizo feliz, me duele ignorar dónde quedó enterrado; tal vez no recibió sepultura cristiana, y su alma se verá obligada a vagar en pena, sin descanso.

"—Aseguran que el gobierno quiere perdonar a Pascual Gutiérrez. Eso cuentan, y me subleva que los asesinos gocen de libertad; sin embargo, la vida es rara y sus caminos misteriosos. De niño fui amigo del rebelde, y no puedo dejar de estimarlo un poco. El asunto se complica, porque le ha dado palabra de matrimonio a mi hermana, y debo disimular los crímenes del rebelde. Mi hermana como mujer no puede valerse sola, debo procurar su dicha, y pensar en su futuro.

"—Los que piensan como usted son garbanzos de a libra. La mayoría de los hombres creen que sólo nacimos para sufrir... Yo fui una tonta, y no supe escoger marido; si hubiera abierto los ojos, hoy no me lloraría viuda, ni habría sufrido tantas humillaciones y pobrezas.

"—Si los vecinos me ven aquí, de todas maneras tendrán malos pensamientos, de todas maneras se darán gusto murmurando de nosotros...

"La viuda de Rafael Costa encendió una vela, y bañada en un vago e incierto resplandor llevó al visitante a una pieza casi desnuda, donde no había más muebles que unas sillas. En la pared colgaba la fotografía de su boda. Ella y Rafael Costa permanecían jóvenes, muy juntos, rígidos y asombrados, vestidos con la ropa elegante, incómoda, con que se habían casado. Al lado derecho del retrato se hallaba la Virgen de El Naranjo, imagen que presidía, en medio de una corte de santos mayores y menores, los hogares de Tonantlán.

"El hombre, sin solicitar permiso ni esperar invitación, se acomodó en una silla. La mujer tímida, prudente tomó asiento en el extremo opuesto de la pieza.

"—Nada le sucederá si se acerca un poco. ¡Vamos! Siéntate a mi lado. Ahora no tenemos testigos, y los vecinos no pueden murmurar de nosotros... ¡Vamos! No es ningún crimen que los parientes se visiten, y se pongan a platicarse sus penas... —le dijo Rogelio Zermeño y alargó una mano invitadora.

"El visitante siguió insistiendo, y no descansó hasta

que ella fue a sentarse a su lado; pero la modestia, la educación cristiana, el temor al juicio de los vecinos, le impedía levantar la vista. Rogelio le preguntó su nombre de pila:

"—Me llamo Natalia —murmuró con la vista tercamente humillada en el suelo.

"Luego el hombre comenzó a tutearla y le dijo:

"—Mientras nadie escuche, el tuteo no puede perjudicarnos. Lo importante es que te comprendo, comprendo tu soledad, yo también me siento solo...

"El rubor le invadía la cara y hasta las orejas, y la viuda guardaba silencio, se negaba a reconocer lo inevitable: que quería gozar del amor, sentirse dominada por la pasión (la pasión que su marido se había mostrado tan avaro en ofrecerle) y que le agradaría que un hombre venciera con audacia varonil, su pudor femenino, y la obligara a reconocer lo que se negaba tercamente a aceptar: que su carne y sus sentimientos adormecidos comenzaban a despertar, a agitarse ante la posibilidad de ver satisfechas las promesas que años antes le había hecho la vida, para después abandonarla en la soledad, soledad nomás visitada por fantasmas sin rostro, sin nombre, pues el pudor aún le impedía inventar rostros, y hasta darles nombres a las criaturas de sus sueños.

"El hombre repentinamente apagó la vela. En las tinieblas se quedaron tomados de las manos, sin hablar, anhelantes, tratando de convencerse que se habían atrevido a realizar lo que los dos tanto deseaban, lo que desde el primer momento habían deseado y consentido en silencio, sin palabras.

"Las manos nerviosas y torpes le temblaban a Rogelio, y la viuda le pedía, le suplicaba que no hiciera ruido, para que los niños no pudieran oírlos, para evitar el escándalo y mantener el secreto, el indispensable secreto de su amor condenado.

CAPÍTULO 10

"DE PRONTO, en la oscuridad de una esquina, lo asaltó una sombra inesperada. Rogelio Zermeño se cubrió la cara con las manos para defenderse, para ocultar el miedo que le tenía a los golpes, para esconder su cobardía, y las lágrimas que le brotaban de los ojos.

"—Me he pasado las noches en vela, y te esperaba confiado en que irías a verme. Ahora te encuentro paseando muy tranquilo y quitado de penas, como si no te esperara, como si tú y yo no tuviéramos el menor compromiso.

"—La calentura no me abandonaba, un dolor me recorría continuamente la espalda, y estuve a las puertas de la muerte. Créeme, Juan Santiago, hoy me levanto por primera vez, si no, ya habría ido a visitarte.

"Déjate de mentiras, y cuéntame de tu viaje, o me enojaré de veras, y te enseñaré a portarte como macho.

"—Dame licencia de reponerme. Además de la cachetada, me pegaste un susto fatal. ¿Por qué te ríes? ¿Acaso no crees en los aparecidos? ¿Acaso no te asustan los demonios y las almas en pena?

"—Olvida esas historias buenas para espantar mujeres, y cuéntame de tu viaje, o ¿prefieres que te saque las palabras a fuerza de bofetones?

76

"—Refrena tu mal carácter; un día puede ser tu perdición.

"—Odio los consejos hasta en boca de mis padres. Deja de provocarme, y responde a lo que te he preguntado.

"—¿No conoces la noticia que anda de boca en boca? ¿No has leído el periódico?

"—¡No me vengas con periódicos! Los hacen en las ciudades, y en las ciudades nomás se la pasan inventando mentiras para engañar a los campesinos.

"—Pues esta vez los periódicos no mienten...

"—Tus palabras me levantan el ánimo y me reconfortan más de lo que te figuras. Alguna vez podré vengarme, y mi venganza no será asunto de juego...

"—Cuando él regrese, haré lo posible por calmarlo, haré lo posible por adormecerlo. Mientras huela el peligro será difícil ganarle, puede cambiarnos los papeles, y dejarnos la triste parte de los perdidosos.

"—Obraré con prudencia, pero tú también piénsalo bien antes de traicionarme. Si el diablo te mete malos pensamientos en la cabeza, no consentiré que te sepulten, para que tu alma no encuentre reposo... Últimamente te noto medio raro... ¿Qué es lo que haces a estas horas de la noche?

"Rogelio Zermeño luchaba por dominar el miedo, el miedo que le impedía expresarse con soltura.

"—Yo que tú me quedaría a cuidar la casa —dijo Juan Santiago con voz ronca y tenebrosa—. Mientras te diviertes en la calle, Pascual Gutiérrez puede brincar las tapias de tu corral. Después, ningún hombre va a querer casarse con tu hermana. La pobre morirá soltera, y lo que es más triste: deshonrada.

"—No mientes a Hermelinda, que enloquezco y no respondo de mis actos... —dijo Rogelio Zermeño temblando de enojo, con la impotente pero traicionera rabia de los miedosos.

"—Te lo advertía por tu bien; pero si quieres, deja que el rebelde se dé gusto con tu hermana.

"—¡A ella no la menciones!

"—Me negaba a creerlo, pero veo que no mienten los rumores. Dizque cuando los tres eran niños, mientras Pascual Gutiérrez y tu hermana se escondían, mientras hacían de las suyas, tú les cuidabas las espaldas, y tú y nadie más encubría sus pecados...

"—Juan Santiago, te desdices ahora mismo, o te arrepentirás de tus palabras. Sí, tarde o temprano te arrepentirás; en secreto o a gritos, pero te arrepentirás... Acuérdate de Petronilo: era el hombre más saludable del mundo; pero un día se le ocurrió asegurar que mi hermana era bruja. Poco tiempo después, el calumniador arrojaba espuma verde por la boca, y de nada le sirvieron las medicinas del boticario, ni las oraciones del cura... Cuídate de cruzarte en el camino del Diablo; es muy rencoroso, y su poder es mayor que el de todos los gobernantes de la tierra. Acuérdate de Casimiro: era rico y descreído; pero un día amaneció enfermo, y ni todo su dinero le valió para curarse. Acuérdate: no pudieron enderezarle los brazos ni las piernas para meterlo en la caja, y se vieron obligados a enterrarlo envuelto en un petate... Acuérdate y toma ejemplo de Tirso Medina, aquel que persiguió con insolencias a mi hermana. No tuvo tiempo ni lucidez para arrepentirse; se consumió echando un hilo de baba por los labios. Acuérdate de Gregorio Calero, y de tantos otros que han muerto de enfermedades que nadie supo encontrarles explicación ni remedio —dijo Rogelio Zermeño con resentimiento infinito.

"—Sólo repetí lo que cuentan en las calles; pero a Hermelinda la respeto, y por eso quería prevenirte de las malas mañas de Pascual Gutiérrez.

"Juan Santiago retrocedió hacia la pared, huyendo de los poderes malignos, todopoderosos, que lo amenazaban en la oscuridad de la noche.

"—Acuérdate de aquel capitancillo, aquel infeliz que en las calles pregonaba que se robaría a mi hermana. Poco le duró el gusto. Murió con una bala en medio de los ojos. Dizque fue una bala perdida, pero las balas perdidas no tienen semejante puntería.

"—¿Por qué me hablas en ese tono de amenaza? No es manera de tratar a los amigos. Yo te he prestado dinero muchas veces, nomás por amistad, y sin fijarme si tenías modo de pagar.

"—Acuérdate del mal fin que tuvieron Cesario, Pancho y Lorenzo...

"—Disimula, hombre; si nos peleamos, nomás saldrá ganando Pascual Gutiérrez...

"—¿Me juras por la salud de tu alma, me juras que no molestarás ni de obra ni de palabra a mi

79

hermana? Y si perjuras, ¿que la carne se te caiga a pedazos, y que los demonios te arrastren a los infiernos?

"Rogelio Zermeño se alejó de la esquina del encuentro, y rápidamente desapareció entre las sombras. El otro hombre buscó apoyo en la pared, sintiéndose débil y desamparado como un niño de pecho, a punto de ser barrido y devorado por las fuerzas del mal. Cuando el Zurdo se presentó, le preguntó qué le pasaba.

"—No me hagas preguntas idiotas, y ríndeme cuentas de mis encargos.

"—Estuve espiando a la señorita Hermelinda, y la espié hasta que salió a la calle; se negó a recibir su carta. Le aconsejé que no fuera tonta, que le convenía congraciarse con usted; pero como siempre se negó a corresponder a sus amores...

"—¿Para esa idiotez tardaste tanto? —su enojo lo descargó contra el Zurdo—. Me estás colmando la paciencia, y un día te las cobraré todas juntas, y mi venganza no será cosa de juego.

"—Estaba cumpliendo sus encargos, pero no puedo espiar al mismo tiempo a todo el pueblo.

"—Si no quieres regresar a donde te saqué, si no quieres podrirte en la cárcel, desvívete por darme gusto.

"—Cumplo sus encargos con mucho gusto; pero todavía no me acostumbro a espiar, todavía soy un aprendiz en el oficio...

"—En adelante también vigilarás a Rogelio Zermeño. Su conducta me parece rara, como si tratara de ocultarme algún secreto. Tú me informarás puntualmente todos sus movimientos... ¡Y pobre de ti si no cumples al pie de la letra mi encargo!

"Sin una palabra de explicación, Rogelio Zermeño aventó al suelo las cobijas, y trató de sacar a Hermelinda de la cama; pero en la oscuridad encontró una resistencia inesperada y terca. En la lucha, el camisón se rompía, y la mujer hubiera quedado desnuda, si Rogelio no se ingenia para arrastrarla de los cabellos, los cabellos largos y sueltos que le cubrían los hombros, que se le desbordaban por la espalda, y terminaban más allá de la cintura.

"Cuando llegaron al patio (él tirándola de los cabellos, y ella arrastrando por el piso) Hermelinda había comprendido la inutilidad de la lucha. Entonces Rogelio Zermeño pudo mirar su cuerpo bañado por la luz de la luna, apenas cubierto por el camisón destrozado, y pensó: *Por inspiración del Demonio soñé que iba de viaje, y me encontraba a una mujer muy hermosa y tentadora. Me invitaba a su jacal; pero cuando la tenía entre mis brazos, se transformó por arte de magia, y resultó que la mujer eras tú...* Rogelio continuó pensando con desesperación: *Ni aunque me emborrache con alcohol puro, ni aunque fume hierba de la que trastorna, podré olvidar que eres mi hermana...*

"La desesperación de Rogelio Zermeño aumentaba, su rabia también crecía, porque su hermana le daba lástima, y lo hacía sentirse culpable. Desde chico había odiado a sus víctimas, y más que nada a los perros, aves o gatos que lo miraban sufridamente. En las noches delirantes de su primera juventud nerviosa y con frecuencia desvelada, aun se había atrevido a pensar: *Comprendo a los que gritaron sin poder acallar el clamor de sus pechos: ¡Que su sangre caiga sobre nosotros y sobre nuestros hijos!*

"Hermelinda seguía postrada en el suelo, como paloma resignada a morir bajo el cuchillo de la cocina. El miedo no la dejaba moverse, o quizá el asombro ante la inexplicable, repentina locura de su hermano, que la había sacado de la cama, la había arrastrado por los suelos, la había llevado al patio, sin motivo ni explicación aparente.

"El hombre no pudo contenerse más tiempo. Se desabrochó el cinturón, lo dobló en dos mitades, lo templó en el aire. (*¡Que su sangre caiga sobre mi cabeza! ¡Que paguen justos por pecadores! No importa; al final de los tiempos él pagará por mí y por ella. Ahora tú, gran pecadora sin pecado concebida, Magdalena inocente antes del pecado, inmaculada maculada, pagarás por él, parirás y concebirás a tus hijos con dolor y placer... Aparta de mí este cáliz de amargura. Tu sangre, la sangre del día del mes lunar, la sangre del parto que nunca has tenido, porque nuestro cobarde, falso redentor huyó a redimir lobos, cabras, chivos expiatorios sin tierra, sin cultura, sin tradición, sólo hambre, dolor desnudo, víctimas de él, como tú y yo, víctimas de locas esperanzas...*) El cinturón manejado diestramente, zumbaba, se retorcía, restallaba en la carne de la mujer. Rogelio Zermeño le pegaba despiadadamente, con todas sus fuerzas, aumentadas por la ira, el rencor y los celos; sin embargo, un desgano placentero, una dulce debilidad iba invadiendo su garganta, su lengua y su boca, se le colaba por la sangre, se apoderaba de su cuerpo; sin embargo, él gritaba, y con sus gritos espoleaba su voluntad y renovaba sus fuerzas:

"—Esto es una muestra de lo que te pasará, del castigo que recibirás si le correspondes... —le gritó sin aminorar la crueldad, la fuerza y la maestría de los azotes—. Me mandaste con tu carta a la sierra, y ¿qué hacías mientras? ¡Toma mosca muerta, toma para que aprendas a respetarme!... Juan Santiago te envía recados de amor, y algún motivo tendrá, algún aliento le habrás dado... ¿Crees que cuando no me encuentro presente puedes hacer tu voluntad y tu capricho? ¡Toma mosca muerta!... Los vecinos me han contado que el Zurdo no se aparta de la esquina, y ronda continuamente la casa... ¡Toma... toma para que aprendas a respetar nuestro apellido!... ¡Toma!... En adelante no volverás a cruzar la puerta de la calle... ¡Toma!... Te encerraré en tu pieza, y tapiaré la entrada con piedras y lodo. Morirás emparedada en vida... ¡Toma... toma mosquita muerta!

"A pesar de sus amenazas, Rogelio Zermeño iba cediendo; la impresión de dulzura, de triunfo embriagador, lo dominaba, le nublaba los sentidos. Apenas alcanzó a percibir que su cabeza, allá en la realidad lejana, rebotaba blandamente, como una pelota de hule, contra el suelo, y su cuerpo se hundía en una montaña de plumas. Cuando se recobró del desmayo, le dolía la cabeza, y sentía nostalgia del paraíso perdido. Entonces recordó la carne blanca que asomaba por las roturas del camisón de su hermana. Le dijo en tono severo, mirando hacia otro lado:

"—¿No te da vergüenza andar medio desnuda? ¿No tienes temor de Dios, y de que el Diablo te arrastre a los infiernos? ¿Acaso no recibiste una educación cristiana?

CAPÍTULO 11

"COMO UN ave enorme y desgarbada, Rogelio Zermeño saltó desde lo alto de la barda, hasta el corral de la viuda. Con el corazón desbocado, la respiración anhelante, se escondió detrás de unas matas. Unas pisadas perturbaron el silencio de la calle, luego el canto de los grillos volvió a oírse en la soledad; pero Rogelio se quedó inmóvil. *El Zurdo todo el día anduvo pisándome los talones. Esta noche se encontrará rendido, agotado hasta lo último. Ni su mala conciencia podrá mantenerlo despierto. Caminaba siempre detrás de mí; pero al fin conseguí burlarlo, perdérmele de vista.* Rogelio Zermeño miró la casa silenciosa y en tinieblas; sólo por la rendija de la puerta se colaba un rayo de luz. Avanzó gateando entre las sombras, y junto a la puerta del corral escuchó los rumores de la casa. Aunque la luz continuaba prendida, los ruidos se habían apagado. *Debe sentirse igual de impaciente que yo, y su misma impaciencia la desvela. Para que el tiempo no se le haga pesado, para no aburrirse, remienda la ropa de sus hijos, o se ocupa de una de esas labores de aguja, con las que las mujeres son capaces de pasarse la vida.* Sólo después de un buen rato, después de que recobró el valor, el hombre arañó la puerta.

"La viuda de Rafael Costa apareció envuelta en el resplandor de una vela. Se quedó inmóvil, luchando consigo misma, tratando de sofocar los sentimientos que bullían en su pecho. A pesar de la modestia y el decoro femenino, el gozo (que no lograba ocultar por completo) brillaba en su mirada (por costumbre opaca, desamorada y fría), y brillaba a pesar de que su experiencia, más bien que su experiencia, su sabiduría de mujer (la sabiduría que las mujeres beben en el pecho de la madre) le aconsejaba dominarse y obrar con prudencia.

"Rogelio Zermeño tampoco olvidaba la desconfianza, desconfianza que lo caracterizaba; sólo hasta que cerró la puerta y apagó la luz de la vela, murmuró junto al oído de la viuda:

"—Yo hubiera querido venir antes, pero el cuidado de tu buen nombre me detenía.

"Ella desoyó la voz que le ordenaba obrar con recato, y le confesó apasionadamente:

"—Hace varias noches que no duermo, y me desvela el temor, el miedo de que el sueño me impida oír tus llamadas —luego siguió diciendo en el mismo tono apasionado—: Dame tu mano para guiarte, para que no tropieces en lo oscuro, para que lleguemos más pronto a mi cuarto...

"Rogelio Zermeño oía el roce de los vestidos que la mujer se quitaba, pero aunque se esforzaba en ver, sólo podía columbrar un bulto informe, gris que se movía en las tinieblas.

"—Hasta le echaste perfume a las sábanas —murmuró Rogelio Zermeño mientras se esforzaba por

86

mirar en las sombras, y nada lograba ver, sino un bulto informe y gris que se movía en las tinieblas.

"Por fin la mujer se acercó a la cama y le entregó un anillo.

"—Póntelo y no te lo quites nunca. Es oro de buena ley, y vale mucho dinero. Era de mi marido...

"El hombre no dijo palabra. Creyó menos comprometedor agradecérselo con caricias, caricias que ella le devolvió con desesperación, como si empeñara su orgullo en retornar cien por uno. El hombre redobló sus caricias, pues la primera noche nomás le había servido para acrecentarle el deseo... Entonces se desquitaba de los ocho días, los ocho días en que el Zurdo se había convertido en su sombra molesta, y también se desquitaba de los años de su vida solitaria, cuando no podía más, e intentaba aplacar su deseo con placeres que le arrancaba a su carne, placeres mezclados con asco y remordimiento que llegaba hasta las lágrimas: o bien muy de vez en cuando, pero muy de vez en cuando, contrataba a una mujer sin nombre ni cara. De regreso a su casa trataba de olvidar el asco, trataba de lavar sus pecados con un cántaro de agua del pozo, y debía sufrir el frío del agua serenada, el miedo a las enfermedades, y lamentar el dinero que había sacrificado a lo tonto, sí, sacrificado, porque le habría dado lo mismo arrojarlo en un charco de agua sucia. En ese momento también se desquitaba de los ocho largos días en que había padecido la nostalgia del aroma de la mujer, el recuerdo de su olor picante, el recuerdo que le encendía el deseo, y lo abrasaba a todas horas del día y de la noche.

"Si hubiera habido luz en el cuarto, Rogelio Zermeño habría visto las rojas y apasionadas huellas que dejaba en la carne de la mujer. A pesar de que quería moverse lentamente, para no hacer ruido, y no despertar a los niños, no podía refrenarse; el cuerpo de la mujer era como los abismos de la sierra, como los abismos que lo atraían con fuerza sobrenatural, que lo fascinaban, que le exigían su entrega, y él se entregaba al vértigo, arrastrado por el deseo de desquitar en ese momento sus años de abstinencia.

"Pronto el hombre y la mujer se quedaron quietos. Acostados en la cama de la viuda, Rogelio Zermeño se sentía feliz, y tuvo que recordar su infancia, pues sólo entonces había conocido una felicidad tan completa: *Hermelinda y Pascual corrían a esconderse detrás de los altos pirules rojos, y me gritaban: 'Encuéntranos si puedes'. Me gustaba imaginar cómo se besaban detrás de los pirules rojos con su amor y su deseo de niños. 'Encuéntranos si puedes', me gritaban con los labios rojos y cansados de besarse. No iba a buscarlos, pues tenía la esperanza de que él alguna vez se dejaría ganar por el deseo. Después se asombraría de su audacia, y sus lágrimas de triunfo se mezclarían con las de pena y arrepentimiento, al ver sus inocencias perdidas, perdidas sin remedio.* Acostado en la cama de la viuda, Rogelio Zermeño se sentía feliz, recordaba su infancia; sólo entonces había conocido una felicidad tan completa, tan suya y de nadie más. *Ahora que me acuerdo, nosotros ya no éramos tan niños; nos divertíamos mirando asombrados, incrédulos, cómo los toros, o los caballos, o los perros, cubrían violentamente a sus parejas. Hermelinda a ojos vistas, como si tuviera mucha prisa, se convertía en mujer, y yo me olvidaba del mundo, me extasiaba contemplando aquellas partes de su vestido, donde la tela se hinchaba y retrocedía ante la carne. Cuando nuestras miradas se cruzaban, ella fingía no advertir que se había sonrojado, y que el rubor también me encendía al rojo vivo. 'Encuéntranos si puedes', me gritaban; pero yo vagaba de un lado a otro, sin rumbo fijo, y no me acercaba al tronco del árbol, a las rocas o a la cueva, donde mi hermana y mi amigo se escondían.*

"Me sentí feliz pensando, imaginando que por fin aquella vez Pascual se armaría de valor, y se atrevería a hacerlo. Yo dejaba que pasara el tiempo, que corrieran los minutos, para que se decidieran de una vez por todas. Cuando por fin me acercaba al árbol, a las matas, a las piedras o a la cueva, anunciaba mi presencia con gritos y carreras...

"Felices tiempos —pensó Rogelio, bañado en un agradable sudor, tendido plácidamente en la cama, al lado de la viuda que dormía—. *En la época de calores, los tres nos marchábamos al campo, y cuando el calor se volvía insoportable nos bañábamos en los charcos o en los arroyos (aunque los mayores nos lo habían prohibido). Pascual y yo nos desnudábamos de todo a todo, pero Hermelinda, por más*

89

que le decía lo contrario, se metía al agua sin quitarse la ropa interior. Mientras Pascual y yo retozábamos, y jugábamos a arrojarnos agua con las palmas de las manos extendidas, a mi hermana le agradaba mirarnos disimuladamente, contemplarnos desnudos cuando creía que no la veíamos. Llegaba un momento, después de mucho jugar y travesear en el agua, en que mi hermana debía secar su ropa al sol para que no nos descubrieran en la casa. Hermelinda ordenaba que nos volviéramos de espaldas. Pascual la obedecía como un tonto; pero yo, aunque disimuladamente, la observaba quitarse la ropa interior, la ropa que se le pegaba al cuerpo como si fuera su misma piel, dándole una desnudez más perfecta y tentadora. Me gustaba observar su cuerpo que empezaba a redondearse milagrosamente; ella tendría once, doce o trece años. Entonces me sentía feliz, y la felicidad me impulsaba a corretear de un lado a otro, sin dirección ni sentido, sólo para gastar y consumir mi alegría.

"Muchas veces cuando nos bañábamos le gritaba: 'Eres una collona y le tienes miedo a lo hondo'. Trataba de empujarla y arrastrarla donde el agua era más profunda y fría. Yo era más alto que Hermelinda, pero ella sabía defenderse. En realidad yo sólo quería jugar, sentir el roce de su cuerpo, de su cuerpo que me rechazaba, que huía, que se me escapaba de las manos, que al mismo tiempo exasperaba y satisfacía mi pasión. Pascual siempre se convertía en el defensor de Hermelinda, y en mi rival victorioso. Entonces ya era el cobarde que soy ahora. Acep-

taba con placer, resignación y enojo que Pascual me derrotara y me humillara delante de mi hermana, de mi propia hermana que se alegraba de mi derrota. Aunque hubiera sido más fuerte que Pascual, habría permitido que me venciera, porque yo gozaba (más que él) la alegría de Hermelinda al presenciar mi derrota. En cambio, Pascual Gutiérrez tan seguro se encontraba de su fuerza que no sentía tentación de ensañarse; se limitaba a vencerme, y me dejaba escoger entre reanudar la lucha, o retirarme a rumiar mi derrota.

"¡Quién pudiera ser joven de nuevo! (pensaba Rogelio Zermeño). *Cuando nos cansábamos de retozar y de jugar en el agua, los tres nos acostábamos sobre la hierba verde, boca abajo, y gozábamos los rayos del sol que nos acariciaban. A veces nos quedábamos dormidos, y cuando despertábamos, la ropa de Hermelinda ya estaba seca. Nos alejábamos corriendo por el campo, y yo me adelantaba o me rezagaba, para darles oportunidad de esconderse. Me hubiera sido fácil hallarlos, y a pesar de que me gritaban 'encuéntranos si puedes', me acostaba sobre la hierba verde, y me sentía feliz, pensando, soñando, deseando que de una vez por todas se atrevieran a hacerlo.*

"Rogelio Zermeño recordaba el sol deslumbrante, recordaba las campanas del pueblo que repicaban, que llenaban la lejanía de vagos y mágicos clamores, recordaba la hierba verde, olorosa y fresca, recordaba la dulzura del verano que extasiaba sus sentidos. Era el tiempo en que hacía calor y llovía (mayo o junio). Las avispas y las abejas zumbaban adormeciendo el aire, buscando, guiándose por el olor de las flores, el dulce y casto olor de las flores blancas, las flores que los devotos llevaban a ofrendar a los altares. *En mayo, a Hermelinda, a Pascual y a mí nos mandaban al templo, vestidos con trajes blancos, entorpecidos con enormes ramos de flores, pero ni la misma Virgen de El Naranjo, ni el respeto que me debían todos los santos y los ángeles, era capaz de salvarme de la obsesión, de la idea fija que siempre estaba dándome vueltas y más vueltas en la cabeza: 'Quizá alguna vez Pascual se dejará dominar por el deseo, y olvidará las palabras de los curas, pues aguantarse las ganas es peor que todos los tormentos infernales...'*

"Cuando me encontraba a solas con Pascual le escupía las palabras en la cara: 'Eres un recondenado idiota.' Pascual simulaba no entenderme, pero yo insistía: 'Eres un recondenado idiota.' Pascual Gutiérrez después de mucho oírme, me replicaba: 'Cállate, o te rompo el alma. No sabes lo que es amar deveras a una muchacha. El amor nos purifica, nos salva de los malos pensamientos. Cuando estoy con Hermelinda ni un mal pensamiento me cruza por la cabeza'. Entonces le gritaba: '¡Eres un marica, y no te gustan las muchachas!...' Pascual me perseguía, y las piedras zumbaban a mi alrededor; pero en verdad no deseaba herirme, pues aunque tenía buena puntería, nunca llegó a pegarme.

"A su lado dormía Natalia respirando tranquilamente. El hombre acarició el cuerpo de la mujer, como si reanimara el rescoldo de una hoguera, y su mano tímida, casi implorante comenzó a despertarla del sueño, de un sueño que no era profundo, sino leve, nervioso, sensible como una telaraña.

CAPÍTULO 12

"*Así es de traidora la vida* —se dijo Rogelio Zermeño—: *Ayer en brazos de mi amada, y hoy sufriendo peor que si fuera un condenado.* Rogelio Zermeño caminaba por las calles, y unos pasos atrás el Zurdo lo seguía sin perderlo de vista. De pronto Rogelio dio vuelta en una esquina. El otro emprendió la carrera; pero al doblar la esquina se quedó desconcertado: no se veía ni rastro de Rogelio. Nada descubrió el Zurdo a pesar de que recorrió la calle de arriba abajo. Cuando pensaba que aquello sólo podía ser obra de brujería, y que ningún cristiano podía desaparecer nomás así como así, sintió que una mano le tocaba el hombro, y la voz de Rogelio le decía:

"—Se ve que no naciste para espía. Hasta un ciego podría descubrirte con esa cobija colorada y rota...

"El Zurdo se sintió tan sorprendido y asombrado que la única salida que halló fue disculparse:

"—Me canso de decirle y de repetirle a Juan Santiago que espiar me parece un asunto de viejas, y no oficio de hombres cabales. Se lo he repetido y remachado mil veces, pero no entiende razones. ¿Acaso usted cree que me gusta seguirle los pasos a los hombres, y andar averiguando asuntos que no me importan, en vez de ir tras las muchachas bonitas?

"—¡Dios me libre de ponerlo en duda! Tienes tu buena mala fama de bebedor, asesino y mujeriego. Tu patrón no debería encomendarte diligencias propias de maricas y viejas quedadas.

"Al Zurdo le agradaron las palabras de Rogelio, y más le gustó oírlo decir:

"—Voy a hablarte con franqueza: me entiendo con una mujer, y debo cuidar el buen nombre de mi amada... Ahora tú y yo tendremos un arreglo —entonces el Zurdo adivinó las intenciones de Rogelio y la codicia empezó a tentarlo—. ¿Para qué te engaño? Dinero no te ofrezco, ni lo verán tus ojos; pero para que dejes de seguirme, para que tu conciencia esté tranquila, para garantizarte que no haré nada que disguste a Juan Santiago, te entregaré en prenda este anillo de oro; pero eso sí, prométeme que me dejarás gozar en paz de mis amores...

CAPÍTULO 13

"Cuando los curiosos, los que tenían suficiente valor o confianza, le preguntaron azorados dónde había conseguido el anillo, el Zurdo contestaba con orgullo, que era un pequeño regalo, uno de los muchos regalos que había recibido últimamente.

"Los pensamientos de Rogelio eran muy diferentes; debía ver a Natalia, rendirle cuentas, inventar una mentira... Cuando se animó a presentarse, apareció con la cabeza inclinada, las manos ocultas en los bolsillos, guardando un silencio grave. La viuda sobresaltada y temerosa le preguntó la causa de su desdicha, y Rogelio se quedó mudo (su actitud obedecía al cálculo, pero también al miedo). Sólo después de que Natalia insistió mucho, y le preguntó una y otra vez, el hombre le respondió estas palabras:

"—Cuando me lavaba las manos en el brocal del pozo, traté de agarrar el anillo con las manos jabonadas...

"Natalia recibió la mala nueva con valor, el valor que muestran las mujeres enamoradas; tuvo ánimos y hasta serenidad para consolar al hombre.

"Rogelio Zermeño pensó con alivio: *Las mujeres enamoradas olvidan pronto sus penas. Cuando su pasión es nueva, les da fuerza para consolarse de cualquier contrariedad, hasta les parece que la misma muerte no puede verlas con malos ojos, ni causarles daño.*

"Mientras tanto, el Zurdo lucía en todas partes el anillo, y declaraba (como si hablara contra su voluntad, como si le doliera traicionar un secreto) que era un regalo de una de sus amantes; pero su presunción no lo satisfacía por completo. Pensaba que podía cambiar el anillo por una docena de botellas de mezcal, alcohol suficiente para una borrachera en grande, que podría continuar durante innumerables días de libertad y olvido.

"Esto le permitió a Rogelio disfrutar en paz de sus amores, de una pasión que nunca antes había conocido ni imaginado; lo recibía todo, o casi todo, y no debía ofrecer nada, o casi nada a cambio. Por esto, sus maniobras las ocultaba celosamente. Sólo en noches sin luna ni estrellas, cuando reinaba la oscuridad más completa, se deslizaba por las bardas del corral de la viuda. Rogelio Zermeño pensaba, y pensaba con razón: *La gente de mi pueblo es famosa por el veneno de su lengua, y si se enteran, si sólo llegan a sospecharlo, mi ventura se mudará en tormento, mi felicidad en vergüenza, en desdicha y amargura...*

"Cuando el Zurdo se aburrió de presumir, comenzó a pensar en vender el anillo. Recordó que tenía empeñada su palabra, pero se dijo: *Mi palabra no vale nada, porque ni yo ni nadie cree en ella. Además, si Rogelio Zermeño me reclama, puedo decirle que él tampoco cumplió con el trato, y si lo pone en*

97

duda, se lo demostraré a punta de cuchilladas. Se lo
merece por idiota, por confiado, y no puedo perder
mi tiempo con individuos así. Mejor voy a pensar
en mis cosas, en lo que me conviene; si no procuro
mi bien, nadie va a hacerlo por mí. Además, quién
diablos me asegura que ese santurrón no se robó el
anillo... Pero no perderé mi tiempo pensando en
individuos de su calaña. Mejor pensaré quién puede
ser un buen cliente para el anillo. Un viejo rico
sería lo mejor; a ellos sólo les preocupan sus nego-
cios, y no andan de casa en casa contando chismes, ni
metiéndose en vidas ajenas. Necesito un viejo rico,
un viejo rico y avaro, uno de esos que darían la poca
vida que les queda por ganarse unos centavos.

"Esto último lo penzó el Zurdo cuando llamaba
a la puerta de don Arcadio Costa. Al mucho rato,
detrás de las maderas apolilladas, una voz le preguntó qué quería.

"—Se trata de un anillo de oro, y lo doy muy
barato, lo doy casi regalado...

"Pronto el Zurdo comprendió que Arcadio Costa
no era un individuo fácil de convencer, y deslizó el
anillo por abajo de la puerta, en un intento de despertar la codicia del viejo.

"—Se lo pagaré ahora mismo y al contado, con
la condición de que confiese de dónde lo sacó, o no
hay trato...

"—Un alma caritativa, de las pocas que quedan en
estos tiempos ingratos, apiadada de mis necesidades
me regaló el anillo. No sé su nombre, y nomás pude
observar que era alta, delgada, blanca sin llegar a

98

güera; de regular edad, ni joven ni vieja... Es todo lo que recuerdo...

"La novedad de su amor, había ayudado a Natalia a consolarse, a pesar de que el anillo (no por haber sido de su esposo, sino por ser de oro) lo consideraba muy valioso, y no tenía esperanzas de volver a conseguir otro igual en su vida. En cambio, Rogelio no confiaba mucho en la calma aparente de sus días: *Los muertos en el fondo de sus tumbas no son capaces de moverse ni una cuarta; sin embargo, se las arreglan para fastidiar a los que viven en esta tierra. Su venganza puede tardar, pues no conocen la prisa, ni les corre el tiempo; pero que nadie confíe en el olvido de los que tienen la eternidad para recordar.*

"Por su parte, Natalia como de Rogelio sólo podía esperar, y nomás recibía caricias y promesas, cuando al fin de mes se le agotó el dinero, dejó a sus hijos al cuidado de una vecina compasiva, y aprovechó el fresco de la mañana para ir a casa de don Arcadio. En el camino la mujer pensaba, como le gustaba pensar, y ya había pensado otras muchas veces: *Mis hijos son los herederos más cercanos de su sangre. Les tiene que tocar el dinero que la gente dice que ha enterrado en el corral de su casa, y tiene que desenterrarlo antes de que sea tarde, o después su alma vagará en pena junto al tesoro, sin lograr descanso, sin que las oraciones le aprovechen, por culpa del maldito dinero, dinero que la codicia convertirá en cenizas.*

"Oyó los gritos de un borracho, y prefirió doblar en la esquina y rodear, con tal de no encontrarlo. Natalia pensó: *El Zurdo se merece la mala fama que goza: se aprovecha de las mujeres solas, indefensas; también debe muchas vidas, pero a los hombres los asesina de noche, por la espalda, a traición, y todavía no se sabe que haya matado a ninguno de frente.*

"Encarnación Pérez le había contado a Natalia el siguiente relato: Una mañana en que ella, la enlutada, la eternamente viuda, Encarnación Pérez, acudía a oír la primera misa (era tan devota' que nunca se quitaba el luto; cualquier otro color le parecía contrario a la modestia cristiana, y lo juzgaba digno de las mujeres impías, sin temor de Dios, ligeras de corazón y costumbres), el Zurdo le cerró el paso y le impidió continuar el camino. La enlutada se apretó la nariz para evitar el asco que le provocaba el mal aliento, el aliento pecaminoso del borracho.

"—Apiádase de esta pobre creatura de Dios, de este infeliz que se muere de sed, y regáleme un cinco para comprarme una copa de tequila.

"Encarnación Pérez sin esconder su desprecio, ni su asco, se apartó del hombre, y siguió su camino, el camino de la virtud. Entonces el Zurdo con manos lascivas, o no sé qué malvadas intenciones, quiso detenerla. La mujer tuvo que correr, huir de aquel demonio, borracho impuro, y refugiarse en la iglesia.

"El viejo fingía sordera, y antes de abrir, dejaba

100

a Natalia esperando horas enteras. En cambio, esa vez, abrió inmediatamente la puerta; pero en lugar de invitarla a pasar, se quedó en medio de la entrada. Miró a la mujer con ojos malignos y fríos.

"—Apenas puedo creer que después de lo sucedido, tengas el descaro de presentarte en mi casa, en una casa decente...

"La sorpresa fue atroz. Natalia no supo qué responder, hasta la voz se negaba a salir de su garganta; no acababa de comprender cómo el viejo se había enterado, de qué medios se había valido, cómo en la soledad había conseguido adivinar el secreto, un secreto que nomás conocía Rogelio Zermeño, secreto que, más que a nadie, a él le convenía guardar.

"—Eres mayor de edad, y si quieres, o encuentras placer en eso, puedes enlodar tu buen nombre; allá tú; pero que envíes a tus amantes a que se burlen de mí, no puedo perdonártelo. Le propusiste a ese hombre, a ese malvado que viniera a venderme el anillo de mi hijo, para que sufriera y se me desgarrara mi corazón de padre. Así me demuestras tu agradecimiento por los años que me he sacrificado, que me he quitado el pan de la boca para dártelo a ti y a tus hijos. Pero no sueñes en recibir un centavo; mis bienes se los heredaré a la Iglesia.

"—¡Cómo puede pensar tantas cosas malas de mí! Le juro por lo más sagrado que el anillo se me perdió —dijo la viuda cuando recobró el habla.

"—Seguramente lo perdiste donde acudes a enlodar el buen nombre de la familia.

101

"—Además de reprocharme los miserables centavos que me da, me levanta falsos y calumnias.

"—Desde antes sabía que eras floja y desobligada; pero nunca imaginé que te dedicaras a lo que te dedicas, y además, que tuvieras el descaro de pregonarlo; pero me alegra haber descubierto quién eres, y me alegra, porque en adelante no verás un centavo mío, y la Santa Iglesia será la única heredera de mis bienes...

"La viuda perdió la prudencia, se dejó ganar por el enojo, y le gritó:

"—¡Por mí que lo entierren junto con su fortuna, viejo avaro!

"Don Arcadio se sintió enloquecido de rabia, y le escupió las palabras en la cara:

"—Por lo menos en público refrena tu lengua de víbora, o me harás olvidar mis años, y proclamaré por las calles la mala vida que llevas.

"La mujer se alejó llorando, y no dejó de llorar en el camino. Después, se encerró en su pieza, y continuó llorando. Ni siquiera recordó que debía desayunarse. *Rogelio correspondió a mi cariño con la más cruel de las maldades... Todos los hombres del mundo son igual de malvados, y confiar en ellos es la peor de las locuras.*

"La viuda veía con impaciencia cómo la luz del sol avanzaba poco a poco... Vino el mediodía ardiente, llegó la tarde calurosa, se puso el sol detrás de las azoteas, las campanas de la iglesia llamaron al rosario, atrajeron la frescura y la soledad de la noche. Las horas pasaron lentamente, más lenta-

mente que nunca. Los minutos se alargaban eterni-
dades. Por fin, a medianoche, el hombre hizo la
señal convenida en la puerta del corral. Natalia
ocultó su rencor, frenó su enojo, y lo invitó a pasar;
pero Rogelio Zermeño advirtió que la mujer tenía
los ojos hinchados, como si hubiera estado llorando.

"—No me moveré de aquí, y no me moveré en
cien años, hasta que me cuentes tus desgracias.

"—Encontré el anillo que te regalé, el anillo que
dizque perdiste cuando te lavabas las manos en el
brocal del pozo.

"—¿Cómo estuvo el milagro? —preguntó el hombre con voz calmada, tan calmada que no parecía
suya.

"—Busca una silla, y siéntate, que la necesitarás
cuando oigas mis palabras.

"El hombre hizo como que no entendía las indi-
rectas de la viuda, y puso cara de estar en ayunas.

"—No te hagas inocente: sabes muy bien dónde
encontré el anillo, y lo sabes, porque no pudo haber
sido en otra parte, sino donde fuiste a venderlo.

"—Fíjate bien lo que dices y mide bien tus palabras, que puedes arrepentirte, pues tengo la mano
muy pesada. . .

"—Deja de amenazarme y respóndeme: ¿Conoces
a mi suegro, al viejo don Arcadio? Debes conocerlo;
me contaste que eres pariente de los Costa, o ¿también eso era mentira?

"El hombre paseó por el cuarto la mirada enfu-
recida, brillante, vidriosa, como si la rabia lo hubiera
enloquecido de pronto, y preguntó:

103

"—¿Dónde habrá un palo para quebrártelo en la cabeza? Debes creer que soy poco hombre, porque todavía no te he pegado, porque aún no te he puesto en tu lugar a fuerza de puntapiés y bofetones. Se advierte que tu marido nunca te dio una paliza, ni te enseñó a respetar a los hombres.

"—Si te atreves a tocarme un pelo, a gritos le contaré a todo mundo, a media plaza si es preciso, que me robaste el anillo, que me lo quitaste con engaños, y fuiste a vendérselo a mi suegro... ¡Infame! Obraste con toda la mala fe del mundo, para que mi suegro me odiara, y nunca me volviera a dar un centavo.

"El hombre se sintió sorprendido por las energías de la mujer que lloraba sin descanso, pero que se mostraba dispuesta a defenderse, a reclamarle, y hasta a atacarlo

"—La verdad es que perdí el anillo en la calle, y quizá el que lo encontró fue a vendérselo al viejo. Te lo puedo demostrar, y te demostraré que no miento, poniendo de testigo al mismo don Arcadio Costa.

"—Eso quiere decir que te valiste de un cómplice. Ahora te conozco, y no me inspiras ninguna confianza, ni te tengo fe.

"—Baja la voz, que despiertas a los niños. Una madre no debe escandalizar a sus hijos. Si te oyen, ¿qué van a pensar de ti?

"—Mejor vete y no vuelvas nunca. Cada palabra tuya me provoca más disgusto, cada momento que pasa me pareces más odioso. Nunca nadie, ni hom-

104

bre ni mujer, me había perjudicado tanto. Eres peor que una víbora, malagradecido, traicionero, más soberbio que un demonio. La gente para ti vale menos que basura, y lo único que te preocupa es tu placer mezquino... Crees que porque te apellidas Zermeño, te lo mereces todo, y todo te está permitido, hasta la crueldad más odiosa, hasta condenar a mis hijos al hambre —y la viuda continuó descargando, con toda la cruda franqueza que le era posible, el resentimiento que guardaba en el pecho. Entonces su único deseo era alejar al hombre que había amado, al hombre que en ese momento odiaba como al peor enemigo.

"Por el tono decidido, injurioso, terminante de Natalia, Rogelio comprendió que toda palabra suya resultaría inútil y hasta contraproducente. Todo había terminado entre ellos, y ya nada podría impedir lo inevitable, ni él podría olvidar sus insultos, ni perdonárselos, aunque pasaran cien años.

"Durante horas y más horas, Rogelio estuvo pensando en el Zurdo, y no precisamente para alabarlo ni para bendecirlo: *Ya sospechaba que algo grave iba a suceder, y lo sospeché desde que lo encontré borracho. Desde un principio comprendí el peligro de confiar en él, pero yo imaginaba que pasaría más tiempo antes de que el vicio lo arrastrara.*

"Cuando Rogelio Zermeño ya se había metido en la cama (en la distancia se oían los aullidos desolados, desgarradores, inhumanos del Zurdo, los gritos que se acercaban, y después se alejaban hacia

105

otro rumbo del pueblo) se consoló pensando que sus amores con Natalia empezaban a aburrirlo: el placer se había convertido en costumbre, la aventura en peligro, el hábito en cansancio, la compañía en soledad, y se durmió pensando: *Me apellido Zermeño, y no conviene que me dedique a brincar tapias como un pelagatos cualquiera...*

CAPÍTULO 14

"ROGELIO sintió que se libraba de un peso enorme, de una carga insoportable (sus amores le robaban mucho tiempo; debía cuidarse de los vecinos, evitar que lo descubrieran). Nuevamente podía dedicarse a los chismes, a propalar rumores, a investigar y discutir vidas ajenas. En todas partes se presentaba (en el mercado, en la cantina, en la puerta de la iglesia) como si no hubiera sido un solo hombre, sino una legión de demonios que se dividían las tareas, y dondequiera que se reunían más de dos personas, él intervenía en la plática, o escuchaba con avidez, sin perder una palabra, ni un gesto, ni un suspiro.

"Rogelio entró en La Purísima con intención de infundirle esperanzas al tendero. Quería asegurarle que pronto liquidaría su deuda; pero Pánfilo López se encontraba absorto, pendiente de las palabras de Encarnación Pérez, que había entrado a comprar veladoras para las almas en pena; pero las había olvidado, y sus sentidos los tenía puestos en la plática.

"—Día y noche el Zurdo se emborracha. Hasta el mismo Juan Santiago que por costumbre se complace, y disimula las maldades del Zurdo, comienza a molestarse, y es fácil que piense reprimirlo —la mujer murmuraba junto al mostrador—: ese maldito borracho le roba la tranquilidad al pueblo, y lo

107

que es peor: se emborracha con lo que le dieron por el anillo de Rafael. El que ofende a los muertos comete un crimen sin nombre, un crimen imperdonable, un crimen aborrecido y aborrecible, un crimen que además de la condenación eterna, reclama la venganza de los cielos.

"—¿Es verdad que don Arcadio insultó a su nuera? —preguntó el dueño de La Purísima.

"—¡Que las benditas ánimas del purgatorio me castiguen si miento!... Señores, don Arcadio arrastrando el peso de sus años, y sin importarle lo cerca que se halla de la tumba, salió a la calle. Daba lástima ver cómo temblaba de ira y le gritaba a su nuera: 'Conmigo no volverás a contar, pues no admito que enlodes el buen nombre de mi familia' —murmuró la mujer apasionadamente, como si aún estuviera mirando la escena—. 'Ya sé que trabajas en una casa de escándalo, y sólo por maldad, por herirme, por burlarte del recuerdo de tu esposo, has regalado el anillo de Rafael.'

"—Cuente, cuente y repita una a una sus palabras —le suplicó Rogelio.

"El tendero apoyó la petición de Rogelio; pero doña Encarnación Pérez no tenía necesidad de que le rogaran.

"—Aunque me da vergüenza repetir sus palabras, ustedes ya saben que la llamó mujer de la mala vida. Entendí muy bien la razón; yo había visto al Zurdo rondar la cuadra, ya no me separé de la ventana, y estuve espiando por una rendija. Temía que intentara dañar a don Arcadio, que vive tan solo y tiene fama de rico. Pero el viejo no peca de confiado, y se negó a abrir la puerta que tenía cerrada a piedra y lodo. El anillo y el dinero pasaron por abajo de ella... ¡Qué sacrilegio atroz le hizo Natalia al recuerdo de su marido! ¿En qué cabeza, por trastornada que esté, cabe enredarse con un demonio tan repugnante, pluma de vomitar de las mujeres honradas? Además, ofender a los muertos es un pecado muy grave, un pecado que clama venganza del cielo.

"—El Zurdo, como ustedes lo saben, llegó al pueblo después que los Santiago. Entonces ya se habían convertido en las autoridades de Tonantlán; lo encarcelaron por vago, malviviente, asesino, borracho, ladrón y escandaloso; sin embargo, poco tiempo después, los Santiago lo soltaron y le dieron un empleo. ¡Pobre de Tonantlán y pobres de nosotros que debemos aguantar semejante porquería! Cuando mi padre mandaba en el pueblo, imperaba la decencia y el orden —dijo Rogelio Zermeño con melancolía.

"—Aquí no habrá moral ni decencia hasta que expulsen a los individuos de la calaña del Zurdo —opinó la mujer, y lo repitió varias veces.

"—No trato de abogar por él —opinó Rogelio Zermeño—; ninguna acción buena se puede esperar de un demonio; pero una señora, madre de varios hijos, gente de familias honradas, no tiene perdón de Dios.

"—La ofensa de la viuda a la memoria de su difunto marido es una afrenta para el pueblo de

109

Tonantlán, porque al ofender a Rafael Costa, insultó a uno de nuestros muertos. Si las cosas continúan por ese rumbo, pronto permitiremos que los extraños vengan a profanar las tumbas. Debemos correr de este pueblo a los pecadores, debemos escarmentarlos, para que no sirvan de mal ejemplo, y no trascienda el pecado.

"—No es fácil echar a un individuo que goza de la protección de los Santiago —aseguró el tendero.

"—A la viuda, aunque se lo merece, tampoco la podemos expulsar sin cometer una felonía —admitió la mujer enlutada—; tiene hijos pequeños, y lejos del pueblo, ¿qué sería de los inocentes? Al fin, de todas maneras, las puertas de las buenas familias se le cerrarán a Natalia. Su situación se volverá desesperada, y ella misma deseará marcharse del pueblo, del pueblo que la desprecia y la condena...

"Rogelio Zermeño pensó que en otro lugar podían contar algo más interesante; y, aunque también le atormentaba perder aquella plática, su inquietud no le permitía quedarse mucho tiempo en el mismo lado, y le aconsejaba buscar nuevos sitios, nuevas historias, nuevos chismes...

"Todo el día Rogelio caminó con el oído atento. De la cantina se marchó al atrio de la iglesia, más tarde a la plaza, y después a las tiendas. Sus 33 años de vida le habían dado experiencia de las horas y los sitios más provechosos para recoger noticias.

"Rogelio Zermeño sin descanso ni respiro continuó recogiendo noticias, y hasta lamentó el tiempo que tardó en comer. Cuando cayó la noche y los vecinos se retiraron a sus casas, Rogelio para no aburrirse, para matar el tiempo, se dedicó a seguir al Zurdo por las calles. El cielo estaba claro y había una hermosa luna llena. Rogelio desde lejos podía distinguir al borracho; llevaba un cuchillo en la mano, y de cuando en cuando lanzaba tajos al aire, daba alaridos y retaba a los valientes a una lucha mortal. Nadie respondía a sus insultos, ni se atrevía a hacerle frente. Rogelio pensaba: *Su valor lo saca del tequila, pero en sus cinco sentidos es cobarde y miedoso como ninguno. Cualquiera podría darle su merecido, y el Zurdo ni las manos metería, pero que después se cuiden la espalda, porque es traidor como una víbora. Nomás con los Santiago no se atreve, y sólo ellos son capaces de reducirlo al orden.* Rogelio Zermeño creía que el Zurdo y nadie más era el culpable del fracaso de sus amores, y cuando se empezó a murmurar que Natalia y el Zurdo eran amantes, los celos, unos celos tardíos, lo atormentaban sin tregua ni descanso.

"El Zurdo iba tropezando en las piedras de la calle. Rogelio lo seguía a distancia, al amparo de los muros de las casas, donde las sombras eran más oscuras. Habrían dado tres vueltas alrededor del pueblo, cuando en una esquina aparecieron Doroteo y Valente. Caminaron muy de prisa al encuentro del Zurdo. El borracho ni siquiera intentó escapar (como lo habría hecho cualquiera que gozara de todas sus facultades), pues hasta mantenerse dere-

111

cho le resultaba difícil. La sola presencia de los Santiago hizo que el Zurdo se convirtiera en un hombre pacífico, inofensivo y manso.

”—Entrega tu arma y ríndete a la autoridad. Juan Santiago te acusa de borracho, escandaloso y parrandero, y sobre todo de no cumplir sus órdenes. ¿Dónde dejaste el periódico que te encargó hace dos días? ¿Dónde diablos está? Responde en el acto o te pesará en el alma —le ordenó Doroteo Santiago.

”—Desde hace días una bruja me venía persiguiendo y no me dejaba ni un minuto de respiro. Les juro que en cuanto ustedes salieron de la esquina, la bruja se volvió de humo y desapareció en los aires.

”Valente Santiago con su fusil 30-30 le dio un culatazo al Zurdo en la cadera; tal vez se hallaba muy borracho, o quizá fingía; pero el caso es que se desplomó al suelo, y se puso a lloriquear y a quejarse. El otro de los Santiago recogió el cuchillo del Zurdo, y con voz amenazante le ordenó que caminara.

”—Debo tener un hueso roto, y aunque pudiera moverme, preferiría que me fusilaran aquí mismo, a presentarme delante de Juan Santiago.

”Un golpe seco y despiado retumbó en la calle. Aunque la calle se veía desierta, todo lo oyeron y lo gozaron los vecinos, los vecinos que se apiñaban detrás de las puertas, en los pretiles de las azoteas y en los postigos de las ventanas. Los Santiago se encargaban de cobrarle al Zurdo las noches en vela, las inquietudes y los temores que había sufrido el pueblo. Apenas resonó el culatazo, como por arte de magia el borracho olvidó sus dolores y se puso de pie.

"Doroteo y Valente lo apresuraban, lo espoleaban con largas letanías de insultos, y con los cañones de sus fusiles le picoteaban la espalda. Así el Zurdo recorrió unos pasos. Después se detuvo y les pidió clemencia a los Santiago; pero le respondieron con una rociada de insultos y golpes de culata. El Zurdo continuaba culebreando por las calles, y muy a su pesar marchaba hacia su destino espoleado por los gendarmes que le picaban las costillas con los cañones de sus fusiles, y lo maldecían sin tregua ni descanso.

"Rogelio Zermeño los seguía al amparo de los muros de las casas. Dominaba el temor a que lo descubrieran espiando, pues no quería perderse la oportunidad de poder contar al día siguiente: 'Vi el castigo con mis propios ojos, y todo lo vi muy bien, porque había un cielo limpio y sin estorbo de nubes, y una luna llena muy hermosa'.

"Los gendarmes llegaron con el prisionero a la puerta del corral de Juan Santiago. El Zurdo hizo un último intento de salvarse del castigo, pero lo redujeron a la obediencia a punta de golpes de culata. Cuando la calle quedó libre, Rogelio Zermeño buscó un agujero entre los adobes del muro.

En medio del corral, Juan Santiago distraía su impaciencia meneando en el aire un chicote, ejercitándose, preparándose, saboreando de antemano el castigo. Doroteo y Valente ya no usaban las culatas de los fusiles; pero no por caridad, sino porque temían que el Zurdo no resistiera, que les fallara en el último momento, y se fuera al otro mundo sin el castigo que le tenían reservado. Lo arrastraban por el suelo tirándolo de los brazos, mientras el borracho gritaba y se retorcía como mujer parturienta; sin embargo, Doroteo y Valente no se desanimaron, y en un momento lo pusieron a los pies de Juan Santiago. Allí fingió un desmayo; pero al oír el zumbido inclemente del chicote, del enorme látigo que cortaba el aire frío de la noche, abrió los ojos y pidió clemencia con voz doliente y acongojada.

"—¿Cuántas veces te habré repetido que no bebas, que cumplas pronto mis encargos? —preguntó la voz ronca y severa de Juan Santiago.

"El Zurdo insistió en la historia de la bruja, de la bruja que lo había perseguido sin descanso por las calles.

"—Ya me colmaste la medida, y cuando acabe contigo, odiarás hasta el recuerdo del tequila.

"El Zurdo pidió clemencia a gritos; pero el chicote se retorció en el aire, serpenteó con furia, silbó como una víbora rabiosa, y mordió sin compasión la carne del borracho. El primer latigazo le arrancó un alarido que se oyó más allá del corral, y se perdió en los confines del pueblo. Continuó gritando, pero casi de manera infantil y resignada, como si el primer latigazo le hubiera debilitado la voz, y le hubiera cortado los hígados rebeldes e insumisos.

"Cada latigazo que recibía el Zurdo, era un gozo

renovado para Rogelio Zermeño. Aun le costaba trabajo contenerse, y no ofrecer su ayuda en la ejecución del castigo.

"Cuando el Zurdo perdió el sentido, Doroteo se alejó corriendo, regresó con un cántaro lleno de agua hasta los bordes, y lo derramó en la cabeza de la víctima. Juan Santiago le prestó el látigo a Doroteo, y Doroteo continuó el castigo. Cuando el Zurdo se desmayó de nuevo, ya Valente tenía preparado un cántaro de agua, y con el agua fría reanimó al hombre; pero más le habría valido no despertar: Valente reanudó el castigo con energías frescas y entusiasmo renovado.

"Cuando el Zurdo se desmayó por tercera vez, Juan Santiago les ordenó a sus parientes con voz ronca y despiadada:

"—Échenle sal de grano en las heridas, para que sufra, para que se acuerde de mí y aprenda que conmigo nadie juega. Después lo encierran en la cárcel del pueblo, y me lo ponen a pan y agua. De ahí no saldrá hasta que me compadezca, y es difícil que se me ablande el corazón y lo perdone.

CAPÍTULO 15

"ANTES de que su hermana se levantara, Rogelio
Zermeño se deslizó al corral de la casa. Se acercó
al pie del guayabo de blancas flores, donde tenía
escondido el dinero, el dinero que le sobraba del
pago del periodista. Apartó una moneda, y se la
guardó en el bolsillo. Ya antes, también sin ser
visto, había sacado algunas monedas, y las había
gastado en el puesto de una mujer que vendía comidas en la plaza. Rogelio Zermeño pensaba: *Quiero
mucho a mi hermana, pero los hombres somos más
grandes y robustos, y necesitamos más la comida. La
amo, pero Hermelinda tiene la culpa de nuestra
pobreza; no ha sabido ingeniarse para que el rebelde
le cumpla.*

"Aprovechó el fresco de la mañana para encami-
narse a la casa del arriero. (*A pesar de los difíciles
tiempos que corren, Isidro Madera nunca falla con
los recados, ni pierde las cartas ni los encargos, y por
eso todo mundo le tiene confianza. Va y viene, viaja
constantemente hasta los pueblos lejanos, y gracias
a su diligencia, los vecinos no se sienten tan apar-
tados del mundo.*) Rogelio Zermeño madrugaba, se
daba prisa para llegar antes que los Santiago reco-
gieran el periódico. El arriero vivía en un extremo
del pueblo, por el rumbo de la casa de Natalia.
Rogelio Zermeño prefirió no pasar delante de la

116

puerta de la viuda. Prudentemente eligió la calle trasera, donde daba la tapia del corral, y pensó: *Quizá todavía le dura el enojo, y permita la mala fortuna que la encuentre, y no estoy de humor para discusiones.*

"Frente al corral de Natalia, el ruido de los pasos de Rogelio provocó la furia de un perro que ladró detrás de las paredes. El hombre pensó con tristeza: *Natalia se consiguió un perro bravo, y lo deja suelto día y noche, por si la nostalgia me impulsa a visitarla. ¡Que profundo es el rencor de las mujeres! Me aborrece y me odia a pesar de mi inocencia; yo no tuve la culpa de su mala suerte, ni le ordené al Zurdo que le vendiera el anillo a quien menos debía, ni le dije a don Arcadio que le cerrara la bolsa. . . Natalia se negó a oír mis razones, y me condenó a pesar de mi inocencia. ¡Qué negro y despiadado es el corazón de las mujeres!*

"Rogelio Zermeño entró sin llamar en la casa del arriero; por la puerta grande y hospitalaria, siempre abierta, pasaba el que quería. Encontró a Isidro Madera en el patio. El arriero, atento a todos los detalles de su oficio, se ocupaba en curarle las mataduras a una mula; le echaba petróleo en las llagas, donde anidaban los gusanos. El animal se estremecía de dolor; pero su dueño había tenido la precaución de amarrarle firmemente las patas. Rogelio Zermeño le advirtió:

"—El petróleo puede dañar a los animales. Mi hermana compuso una oración de San Martín Caballero, tan milagrosa que basta rezarla una vez para que se curen las bestias. Se la traeré escrita, nomás será por amistad y no le cobraré ni un centavo.

"—A su hermana le tengo fe. Gracias a ella se curó uno de mis muchachos. Una noche le recé la oración que compuso Hermelinda, y al día siguiente arrojó la enfermedad, y jamás volvió a padecerla.

"—Un favor por otro: quiero ver el periódico que trajo para Juan Santiago.

"El arriero sin pensarlo mucho, le prestó lo que pedía.

"La noticia venía en primera página, y Rogelio la leyó una, dos, tres veces, hasta que se convenció que no se engañaba, ni su deseo lo hacía padecer alucinaciones. El periódico aseguraba claramente, con grandes letras de imprenta, que el gobierno había perdonado a Pascual Gutiérrez y a todos los rebeldes de la sierra.

"Sintió ganas de celebrar la noticia; pero juzgó dañoso beber en ayunas, y se encaminó al puesto de doña Pancracia, que vendía comidas en la plaza, y le ordenó que le sirviera un desayuno de primera.

"—Aunque se apellide Zermeño, aunque lo ande presumiendo en todas partes, a usted sería al último que le fiaría sobre la tierra.

"Aquella herida en su orgullo hizo que Rogelio Zermeño perdiera la cordura, y arrojó con desprecio y enojo una moneda a los pies de la placera. Con el pañuelo que le servía para atesorar el dinero, la mujer envolvió, aseguró bajo cien nudos la moneda, y otra vez confió el envoltorio a la tibieza de su seno protector.

”—Ahora le cobraré lo que ha comido sin pagarme, con el pretexto de que olvidó el dinero en su casa, que es un Zermeño y no sé qué tanto más.

”—Vieja mentirosa y calumniadora, sírvame un plato de menudo y devuélvame el cambio, si no quiere ir a la cárcel —le gritó el hombre con enojo.

”Las gentes que se hallaban en la plaza se acercaron atraídas por las voces que daban los rijosos. Sentimientos de vergüenza y de ira se agitaban, como nido de víboras, en el amargado pecho de Rogelio.

”—En este pueblo ya no hay decencia; hasta una mujer de la plaza puede insultar a los señores, robarlos, gritarles, y nadie se asombra. En cambio, cuando mi padre gobernaba, no se veían estos escándalos. Gente de Tonantlán, véanlo con sus propios ojos, y no crean lo que está pasando, piensen que todo es un mal sueño...

”—A ver si se larga de aquí, que con sus gritos me espanta a la clientela... Soy una mujer indefensa, pero no permito que nadie abuse de mí. ¿Piensa que porque se apellida Zermeño, y porque en todos lados lo presume, tengo la obligación de regalarle mi comida?

”—Preferiría morirme de hambre antes que recibir limosna de sus manos. En una ocasión olvidé el dinero en mi casa; pero al día siguiente se lo pagué. Ahora quiere cobrarme dos veces, y esto me pasa por decente, por tonto, por haberle hecho confianza; pero se me agotó la paciencia, se me acabó la piedad. Ese dinero me lo devolverá, aunque tenga que poner mi queja ante las autoridades.

119

"Como moscas atraídas por el olor de la podredumbre, las gentes se amontonaban alrededor de los rijosos, y se divertían y gozaban con el pleito callejero.

"A medida que se acercaban Valente y Doroteo Santiago, las gentes se apartaban, les dejaban libre el paso, pero inmediatamente cerraban el círculo detrás de los gendarmes, para no perderse ni un gesto ni un detalle. A pesar de la gente amontonada y de los gritos, Doroteo y Valente caminaban con paso de día de fiesta, despreocupada, lentamente, como si nadie los necesitara.

"No hacía mucho que los Santiago habían llegado a Tonantlán, y entonces no se mostraban tan orgullosos ni altaneros; al contrario, se detenían en las esquinas, y era tanta su incertidumbre que no se decidían a tomar un rumbo fijo. No habían llegado juntos. Primero apareció Juan Santiago. Poco a poco se fue mezclando en los asuntos del pueblo, y las gentes casi no se fijaban en el extraño, tan insignificante y poca cosa, que andaba rondando en las calles y se metía en las casas a platicar con los vecinos. Lo malo fue que al hombre no le faltaba ingenio, y con el tiempo se consiguió un padrino, un apoyo político de Guadalajara, y de allí en adelante comenzó a progresar. Entonces mandó llamar a sus parientes, y los parientes acudieron como el ganado que oye el cuerno del pastor. Los primeros días ignoraban qué destino les aguardaba en Tonantlán; procuraban no llamar la atención, y se mostraban modestos, casi avergonzados de su pobreza; pero después empezaron a sentir confianza, a hablar recio, a levantar la frente con orgullo.

"A la vista de los gendarmes, la mujer y Rogelio empezaron a hablar al mismo tiempo, atropelladamente, a gritos, tratando de acallarse el uno al otro, y que su voz dominara la del contrario. Rogelio volcó en un instante todos sus agravios y sus quejas, y terminó declarando que la placera le había robado un peso. La mujer por su parte aseguró que el peso era una vieja deuda, y nomás se había hecho justicia con su propia mano.

"—Sólo las autoridades pueden decidir lo que le pertenece a cada cual —dictaminó Doroteo Santiago—. Ahora mismo nos acompañarán a la presidencia municipal, para que la suprema autoridad de este pueblo decida a quién le asiste el derecho.

"El otro Santiago les ordenó a los curiosos que se retiraran. La gente retrocedió unos pasos, sólo para fingir obediencia. Por su parte, la placera se mostró inconforme y se negó a obedecer.

"—Si se resiste, la llevaré por la fuerza —le advirtió Doroteo Santiago—. Le conviene más caminar por las buenas, y no agravar sus delitos con un nuevo delito, el delito de resistencia.

"—Tratan de abusar de mí, porque soy una mujer indefensa: no me queda más remedio que entregarle el dinero a ese estafador, a ese bandido que se tragó mis comidas —dijo la mujer, y se dispuso a sacar el pañuelo que atesoraba en su seno.

"—Eso lo debía haber pensado antes; pero nos gusta ser considerados, y le daremos una oportunidad: al señor le regresa su dinero, y a nosotros nos entrega dos pesos, por todas las molestias y trabajos que nos ha hecho padecer.

"—Dedíquense a robar en camino real, donde siquiera se arriesgan a recibir un balazo.

"—Ahora la acusaremos de insultos a la autoridad, y le demostraremos que nadie se burla de la ley. Camine, que ya se me agotó la paciencia —dijo Doroteo Santiago. Como la mujer no se movía, el hombre alzó el fusil y le gritó—: ¡Camine, o le desbarato su puesto a culatazos!

"A pesar de que le repugnaba obedecer, la mujer se sometió para evitar un desaguisado, y empezó a caminar poco a poco. Doroteo la empujó por la espalda, y le ordenó que se moviera de prisa.

"La placera no hallando manera mejor de mostrar su enojo, se echó al suelo, como si nunca más fuera a levantarse. Los Santiago sin desconcertarse ni desanimarse la jalaron de los brazos. La placera al verse arrastrada por los suelos, comprendió que su terquedad era inútil, y se sometió a la voluntad de los gendarmes.

"Adelante marchaba la placera, y Doroteo la sujetaba por el brazo, más atrás caminaba Valente Santiago junto con Rogelio Zermeño, y por último la gente cerraba el cortejo. Algunos en su interior compadecían a la mujer, pero otros se divertían gritándole bromas y sarcasmos. Ella furiosa, embriagada con su propia rabia, respondía las burlas con insultos brutales, dedicados a poner en duda, a destruir, a demoler el buen nombre de los bromistas, que respondían los insultos con nuevas bromas, cada vez más ingeniosas e hirientes.

"De vez en cuando los gendarmes les ordenaban a los curiosos que se retiraran; pero nadie se encontraba dispuesto a perder el espectáculo inesperado, como maná caído del cielo, que les daría conversación para varios meses, y más tarde se convertiría en un recuerdo nostálgico, de tiempos mejores, idos para siempre junto con la juventud... Los curiosos aun se arriesgaban a recibir un culatazo (pues del humor de los Santiago se podía esperar cualquier cosa) y caminaban tercamente levantando el polvo de las calles; hasta habrían preferido el sacrificio de sus vidas a renunciar a su condición de testigos, de asombrados e inútiles testigos de los momentos trágicos de los destinos ajenos.

"En la presidencia municipal entraron los gendarmes y los querellantes; los curiosos se conformaron con apiñarse, y mirar ávidamente a través de las puertas y de las ventanas. Los contenía el miedo que les inspiraba aquel caserón de paredes recias, aquella presidencia municipal donde gobernaba Juan Santiago y se hallaba la cárcel que le servía para castigar (entre otros delincuentes mayores y menores) a los que se atrevían a dudar de su poderío. Además, el pueblo le tenía un miedo heredado de padres a hijos a aquel caserón de paredes recias, un miedo inspirado en el recuerdo de los tiempos lejanos, cuando ninguna benevolencia se podía esperar de los gobernantes, cuando los españoles aún tenían firmemente asidas en sus manos las riendas del

123

poder. Ni los más viejos de Tonantlán habían vivido esa época. Sólo lo sabían por sus padres, por los padres de sus padres, y ellos, a su vez, se lo habían contado a sus hijos. Lo que sí habían visto todos, hasta los hombres de la edad de Rogelio, era la famosa acordada, aquellos gendarmes de caballería, aquellos bárbaros rurales que mantenían aterrorizada a la gente del pueblo y del campo, cuando el jefe político —la máxima autoridad de Tonantlán— era el padre de Rogelio, y por encima, muy por arriba de todos, se encontraba el dictador (sólo presidente de nombre) Porfirio Díaz, y aunque moraba muy lejos, a una distancia casi insuperable por lo pésimo de los caminos, hasta Tonantlán hacía sentir el terrible, inmisericorde poder de su brazo.

"Los curiosos apiñados en las puertas y en las ventanas podían ver a Juan Santiago sentado, descansando en una silla de palo, y sus pies calzados con botas fuertes puestos encima del escritorio; aunque se acercaban los gendarmes y los detenidos, él continuaba leyendo lenta, tranquila, laboriosamente un periódico de fecha atrasada. Doroteo y Valente les ordenaron a los querellantes que se aproximaran al escritorio. Entonces Juan Santiago lanzó un gruñido de contrariedad, abandonó la lectura, mortificado pero sumiso y resignado, la viva imagen del hombre que renuncia a los placeres por cumplir con su deber. Doroteo se encargó de ponerlo al corriente de lo sucedido. Con voz ronca, casi fatigada, gravemente, Juan Santiago le pidió a la placera que declarara, y después de oírla, le advirtió:

"—Si Rogelio Zermeño le debía, usted tenía que haber puesto su queja; las autoridades no están pintadas en la pared, ni son la burla de nadie.

"—Perdóneme esta vez mi ignorancia, y le devolveré su peso al señor —suplicó la mujer comprendiendo que no le convenía discutir, ni podía esperar clemencia de Juan Santiago.

"El presidente municipal tomó el chicote, el látigo que tenía siempre a mano para someter a los detenidos, y lanzó un chicotazo con claras intenciones criminales. Desde hacía rato una mosca lo fastidiaba, pero no había logrado espantarla ni destruirla. En ese momento la mosca estaba sobre el escritorio, al alcance de su mano, y el hombre no pudo contenerse a pesar de lo inoportuno de las circunstancias. La mosca huyó volando; pero el repentino golpe del látigo, amplificado por la resonancia del escritorio, hizo que los gendarmes y los del pleito se estremecieran de espanto. Como una corriente eléctrica el miedo se transmitió a los curiosos que se apiñaban en las puertas y en las ventanas, y también se estremecieron.

"Juan Santiago olvidó a la mosca, y siguió atendiendo sus deberes. Con voz ronca y tenebrosa amenazó a la mujer con la cárcel, si no pagaba una multa.

"Tanto había sufrido ese día la placera que se sometió sin resistencia al destino, el implacable y negro destino encarnado en la persona del presidente municipal. Para completar la suma exigida, se vio obligada a vaciar el pañuelo donde atesoraba sus monedas. Mediante aquel sacrificio conquistó su libertad, y se retiró pensando que, después de todos los males que había estado a punto de sufrir, podía considerarse bien librada y darse por satisfecha, y quizá porque en la hora de mayor peligro, se había encomendado a la Virgen de El Naranjo, sin ofender con su olvido a todos los santos de la corte celestial. . .

"Con el pretexto de una formalidad cualquiera, Juan Santiago le pidió a Rogelio Zermeño que se quedara. Cuando nadie los oía, cuando no había testigos a la vista, le anunció (según contaba el periódico) que el gobierno había perdonado al rebelde, y a todos sus seguidores.

"—Es una noticia casi tan buena como la de que encerraste al Zurdo, pues si continúa molestando a Hermelinda, todo se echará a perder, y nada conseguirás con tus necedades, porque, aunque eres presidente municipal de este pueblo arruinado, no vales lo suficiente para atarle a mi hermana las cintas de los zapatos. Pero si insistes en echar a perder las cosas, si insistes en lo imposible, la culpa del fracaso será tuya y de nadie más.

"—¿Cómo voy a querer enemistarme contigo, menos ahora que me hallo tan contento y feliz de la vida? —dijo el presidente municipal en tono conciliador.

CAPÍTULO 16

"ROGELIO Zermeño iba del atrio de la iglesia al mercado, de las cantinas a las tiendas, de las tiendas a la plaza; pero ni aquel eterno caminar lo distraía; hasta había abandonado la murmuración, y a los pocos chismes que oía no les encontraba sabor. La inquietud lo obligó a conseguir prestada una cabalgadura, pues aunque odiaba a los caballos, odiaba más fatigarse. Todos los días, antes del amanecer, se marchaba al camino de la sierra, se quedaba de guardia en los llanos, y nomás regresaba a dormir al pueblo. Al día siguiente madrugaba, salía a las orillas de Tonantlán, se dirigía al camino de la sierra. *Teniendo el perdón del gobierno, Pascual volverá al pueblo que lo vio nacer, donde lo espera la mujer que ama, donde los recuerdos de su infancia le saldrán al paso en las esquinas... Los viejos aseguran que la tierra, la tierra que nos vio nacer, tarde o temprano nos llama, y cuando reclama nuestros huesos y nuestra carne, no podemos desoír su voz, ni nada nos puede impedir el regreso.*

"Esperar era un tormento para Rogelio, y trataba de consolarse pensando: *Todo pasa, y sobre todo el tiempo, que es como el aire de los llanos que nunca se detiene ni se cansa de volar.*

127

"Una tarde de tantas, cuando Rogelio Zermeño se disponía a regresar, descorazonado, triste y melancólico, un jinete se perfiló en el camino de la sierra. *¿Adónde más puede ir un viajero a estas horas y en este camino? El corazón no puede engañarme de esta manera, y me grita que es el amigo que espero desde hace años.* Rogelio aún no alcanzaba a distinguir el rostro del caminante, cuando oyó que le decían:

"—Eres el primero que sale a recibirme. Ninguno de mi sangre ha acudido a saludarme. Todos me olvidan, y nadie se alegra como tú te alegras. . .

"En ese momento caía el crepúsculo, el sol como un toro herido se refugiaba en los montes. Los caballos de los dos hombres levantaban nubes de polvo; Rogelio debía entrecerrar los ojos para distinguir mejor la cara del amigo, y reconocer sus facciones, para él tan familiares desde niño. Los hombres sin apearse de los caballos, se abrazaron fuertemente. Cuando terminaron de hablar lo que se dicen los que se reúnen después de un largo viaje, o una ausencia prolongada, Rogelio Zermeño le invitó a hospedarse en su casa.

"El que había sido rebelde advirtió que mientras platicaba, el cielo ya había oscurecido, y la fatiga del camino le aumentaba por instantes. Al distinguir las siluetas de las primeras casas del pueblo, el cansancio que había estado acumulando durante días, quizá meses y años, se le volvió insoportable. Pensó que era justo, y hasta necesario, tomarse un descanso, y este pensamiento lo acompañó hasta la casa de los

Zermeño. Rogelio insistía en su invitación, y Pascual Gutiérrez no tuvo fuerzas para negarse.

"Las voces de Rogelio y de Pascual le avisaron la buena nueva a Hermelinda. Salió a recibirlos al patio, pero el valor la abandonó frente al hombre que amaba. Pascual Gutiérrez también se quedó sin decir palabra; la dicha le oprimía, le abrasaba el pecho y la garganta.

"Rogelio Zermeño para dejarlos en libertad absoluta, se marchó rumbo al corral a guardar los caballos.

"Hermelinda y Pascual se quedaron luchando con la vergüenza que el amor les infundía. Por fin Pascual se animó a abrazar a la muchacha, y se tranquilizó pensando: *Rogelio no es tan ordinario como para volver sin dar aviso, sin anunciar de algún modo su presencia. Debe acordarse de cuando éramos niños, cuando Hermelinda y yo nos escondíamos detrás de los árboles y de las rocas, y Rogelio andaba allá lejos, entretenido en Dios sólo sabe qué cosa, y no aparecía, sino hasta después de mucho rato, cuando ya estábamos cansados de llamarlo y de gritarle.*

"En ese momento, como antes, ella permanecía quieta en los brazos de Pascual, con los ojos cerrados, los labios entreabiertos, respirando tranquilamente, y su corazón palpitaba, con el rumor de un río subterráneo, en la intimidad de la carne. A Pascual le era difícil distinguir si habían transcurrido los años; la abrazaba como cuando tenía doce, trece, catorce años, y su corazón palpitaba suavemente bajo sus senos; sólo que ahora eran más grandes, más

129

femeninos y luminosos, y aunque el cuerpo de Hermelinda había crecido y se había redondeado, él sentía la misma ternura de cuando tenía doce, trece, catorce años... En ese momento el hombre tenía los ojos cerrados. El tacto le bastaba para recordar aquel cuerpo amado, ausente durante años, pero nunca perdido del todo. *Ahora he abandonado las armas, y me dedicaré a amar este cuerpo. Lo amaré, y todo el tiempo será mío, como si hubiéramos alcanzado el final de los tiempos, cuando dicen que las almas libres y gloriosas ya no se preocuparán por contar las horas ni medir los minutos.*

"Hasta los recuerdos queridos lo distraían de su goce. El hombre intentó rechazarlos; pero descubrió que no era fácil dominar los pensamientos, que volvían infaliblemente al pasado: *Cuando vivía en la soledad, anhelaba el regreso. Ahora que la tengo cerca, apenas puedo creer que no sea un sueño, que no me despertaré y volveré a estar solo; pero no es un sueño, sino algo mejor y más real que lo que cuentan del cielo y de los ángeles.* Las dudas del hombre se debilitaban al acariciar el cuerpo de la muchacha, al aspirar el aroma de su carne, el aroma de su piel mezclado con el de los azahares de los naranjos. Cada vez que respiraba, una balsámica embriaguez reconfortaba su cuerpo fatigado por el largo viaje, fatigado por los años de soledad y ausencia.

"La voz de Rogelio Zermeño se oyó lejana y apagada, como si viniera de otro planeta, luego se volvió más fuerte y clara. La muchacha se desprendió de su ensueño, y se alejó a la cocina. Rogelio llegó y le dijo con ternura fraternal al amigo:

"—¿Por qué no descansas mientras preparan la cena? Después de tanto batallar es justo que te tomes un descanso, que procures tu comodidad y no te mortifiques por nada.

"Las espuelas de Pascual Gutiérrez tintinearon en la oscuridad del corredor, pero el hombre no respondió ni una palabra.

"—Por lo menos quítate los estorbos —le aconsejó Rogelio—. Pon tus cosas en esta silla, aquí donde dejé la cobija que traías en el caballo, pues aparte de la montura no vi otro equipaje... Tus hombres aseguraron que eras modelo de listo, y ahora lo demostraste dejando tus bienes escondidos. Sí, en la sierra se encuentran más seguros que en este pueblo codicioso...

"Pascual Gutiérrez se quitó el sombrero y las espuelas; pero no se desprendió de la pistola ni de su fusil 30-30, y dijo:

"—Todo mi dinero lo guardo en una piel de víbora que llevo ceñida a la cintura, bajo la camisa... Lo pensé detenidamente antes de regresar, y creí injusto presentarme con las manos vacías, y sentarme a comer lo poco que tienen mis amigos, los pobres que me son fieles y me estiman.

"—Ahora vivimos en la pobreza, y me avergüenza confesarte que hemos estado viviendo de las hierbas curativas y las oraciones que Hermelinda les vende a los vecinos; sin embargo, todo lo nuestro puedes considerarlo tuyo.

131

"—Yo cumplo mis promesas, y no hay nadie que diga que falté a lo dicho. . . He venido a casarme con tu hermana.

"—¡Dios te oiga! Me quitas un peso de encima. En las noches no logro conciliar el sueño, pensando dónde conseguir unos centavos para desayunarnos al día siguiente.

"Con la luz de una veladora que ardía frente a la Virgen de El Naranjo, Pascual Gutiérrez descubrió que en el cuarto de Rogelio Zermeño sólo había una cama y un arca grande y vieja.

"—Me vi obligado a vender los muebles —le explicó Rogelio Zermeño—; pero no te preocupes, que dormiré sobre un petate, y tú te quedarás en la cama.

"—Si debo causarte molestias, prefiero irme a dormir a otro lado.

"—Sería un mal amigo si lo consintiera. Dormirás en la cama abrigado con tu cobija. Yo sólo necesito un petate para evitar el frío del suelo, pues nada me será molesto estando en tu compañía.

"Rogelio Zermeño colgó las espuelas y el sombrero de su amigo en unos clavos que había en la pared. Los clavos hacían las veces de perchero, el perchero que había desaparecido junto con los otros muebles de la casa, muebles que habían salvado a Rogelio en más de un momento de apuro, cuando no quedaba en la cocina ni carbón para prender la lumbre.

"—Cuelga aquí tu fusil y tu pistola, o ¿piensas

dormir armado? Tienes que acostumbrarte a la vida pacífica; ya no te encuentras en la sierra, y los vecinos verán tus armas con recelo.

"—Los burgueses del pueblo donde nací creen que me escudo en mis ideas, que nomás busco pretexto para tratar de robarlos —Pascual Gutiérrez se quitó el fusil que colgaba de su hombro. Éste lo pondré en la pared, pero dormiré con mi pistola, y dormiré con ella bajo la almohada, por si los Santiago olvidan que el gobierno me indultó.

"—Mientras averiguo sus intenciones, convendría que no salieras a la calle, y que nadie supiera que te encuentras en mi casa —opinó Rogelio Zermeño.

"—Sería preferible que no hubiera regresado —Pascual Gutiérrez se envolvió en su cobija, se acostó en la cama, y agregó—: sería preferible que me hubiera quedado donde estaba. Así, por lo menos Hermelinda no correría riesgos por mi culpa.

"—¿Tan pronto te arrepentiste de haber regresado? ¿No te alegra ni te conmueve la felicidad de mi hermana? Tal vez en el monte te sentías más libre y contento que en mi casa...

"—Deseaba regresar, y lo deseaba tanto que no me importa arriesgar el pellejo. Lo que me acongoja es ocasionarles dificultades a los amigos que me quieren —Pascual Gutiérrez se dedicó con paciencia, sin prisa, a torcer un cigarro de hoja—. Además, cuando se enteren que estoy hospedado en tu casa, los vecinos no pensarán nada bueno de nosotros.

"—Mal acabas de llegar y ya estás arrepentido. Pero no creas que voy a rogarte...

"—Lo que me preocupa es que un día los Santiago se presenten; las balas son crueles y no respetan la inocencia...

"En lo oscuro, el cigarro de Pascual Gutiérrez imitaba el vuelo de una luciérnaga. Pronto el sueño lo dominó, y el cigarro resbaló al piso. Poco tiempo después, el sueño también sorprendió a Rogelio mientras pensaba: *El tesoro que Pascual acumuló durante estos años, imposible cargarlo en una piel de víbora; pero desconfía de mí, y trata de despistarme. Él desconfía de todos, y se negó a separarse de la pistola y de la piel de víbora... Ahora tiene pesadillas y se remueve en la cama. Sus manos están manchadas de sangre, y la sangre de sus víctimas lo desazona. Lo oigo quejarse y removerse en la cama. No quisiera verme en su lugar... Miento y sólo digo mentiras. ¡Qué no daría por tener la fuerza de Pascual Gutiérrez, por tener su fiereza de tigre, y que mi gloria fuera la roja gloria de los asesinos!*

CAPÍTULO 17

"FRENTE a la puerta de su casa Isidro Madera revisaba los arreos de las mulas. Cuando el arriero terminó de asegurar las cargas, la mujer enlutada le preguntó, aunque los preparativos estaban a la vista, si se disponía a viajar, si otra vez se ausentaba.

"—A usted le gusta descubrir nuevos horizontes, y no se resigna a pasarse la vida encerrado entre cuatro paredes. Usted no abandonó sus viajes ni en lo más duro de la guerra, cuando ni un loco se atrevía a asomar las narices a la calle. Yo sospecho que usted tiene pacto con el Diablo. ¿Cómo los bandidos después de despojarlo de sus pertenencias, no lo fusilaron, o lo ahorcaron de la rama más gruesa de una encina?

"—Eso estuvo a punto de sucederme; pero mientras los rebeldes buscaban un buen árbol para colgarme, quiso mi buena fortuna que Pascual Gutiérrez se presentara. Les ordenó que me soltaran, y que al punto me regresaran lo que me habían quitado. En cuanto apareció Pascual Gutiérrez, los rebeldes se pusieron a temblar como las chivas cuando huelen al lobo. Muy de prisa, lo más aprisa que se lo permitieron sus manos temblorosas, me regresaron mis bienes... ¡Santo remedio! Desde ese día nadie volvió a molestarme en el rumbo de la sierra, y podía

135

atravesar los montes con más seguridad que el corredor de mi casa.

"—¡Ánimas benditas del purgatorio! Ahora que habla del rebelde, anoche lo vi pasar frente a mi ventana, y por lo menos lo acompañaban 30 jinetes armados. Pensé que los revolucionarios querían tomar el pueblo a sangre y fuego. Les imploré un milagro a las benditas ánimas del purgatorio, y también a la Virgen de El Naranjo. Gracias a mis oraciones los rebeldes se alejaron. Mi curiosidad pudo más que mi miedo, y salí a averiguar sus intenciones. La partida se encaminó a la casa de los Zermeño, y frente a la puerta se evaporó como por encanto. Sólo quedaron Pascual Gutiérrez y Rogelio Zermeño que lo acompañaba... Debe ser verdad lo que aseguran de Hermelinda: que obra maravillas con la ayuda del Demonio; él es su consejero y su guía, y la favorece con extraordinarios poderes.

"—Yo creo que el cielo la ayuda, pues Hermelinda sólo hace favores, milagros, y compone oraciones en beneficio de la gente... —el arriero terminó dando una descripción detallada de la enfermedad de su hijo, y de cómo se alivió con la oración que le dio Hermelinda.

"Mientras Encarnación Pérez, silenciosa, negra y amenazante como una nube de tormenta, se alejaba de prisa, Isidro Madera puso en movimiento a sus mulas sin ahorrar maldiciones ni latigazos. Pronto doña Encarnación Pérez llegó a la esquina y se perdió de vista. Isidro Madera siguió arreando a sus mulas, luchando con las que se detenían a comer la hierba que nacía entre el empedrado, y luchando con las mulas, se encaminó a la casa de los Zermeño. Mientras llamaba a la puerta, las bestias libres del chicote y de las maldiciones, devoraban las hierbas que nacían entre el empedrado de la calle, y en las orillas de las aceras. Rogelio Zermeño asomó un rostro agrio y desconfiado, y no invitó a pasar al visitante.

"—Me gustaría tener hoy mismo la oración que me ofreció. Las mataduras son una plaga para las bestias; ya me canso de curarlas con petróleo, y nada que se alivian ni mejoran.

"Rogelio no se mostraba dispuesto a recibir visitas; sin embargo, ante la insistencia cortés, pero terca del arriero, se vio obligado a ceder, y lo pasó al corredor. Para acompañar al arriero, para no perderlo de vista, le avisó a gritos a su hermana que tenía visita. Mientras la muchacha se presentaba, Isidro Madera le dijo al dueño de la casa:

"—En mi oficio no conviene ser chismoso. Voy y vengo, salgo y entro a todas partes, y en todas partes mis ojos ven sin mirar, y mis oídos oyen sin escuchar. Si fuera boquiflojo, la gente ya me habría dado con la puerta en las narices. El hombre que llegó anoche puede dormir tranquilo, pues por mi boca nadie sabrá dónde se encuentra.

"Rogelio Zermeño guardaba silencio y miraba al arriero con enojo.

"—Sé que los Santiago odian al que se esconde aquí, y me guardaré de publicarlo a los vientos.

"De pronto Pascual Gutiérrez salió de atrás de un pilar, armado con su fusil 30-30, y llevando de

137

reserva una escuadra 45 en la cintura. La cara del hombre reflejaba una severidad casi melancólica, mezcla de orgullo y tristeza.

"—Si sus enemigos vinieran a asesinarlo, y yo permaneciera cruzado de brazos, después no sabría dónde esconder mi vergüenza; hasta permitiría que las mujeres me escupieran la cara, y los niños me tiraran piedras —declaró el arriero.

"—Advierto que el honor y la lealtad no le faltan; pero cuando andaba en la sierra, la lucha en realidad era del pueblo, y a todo el que quería pelear, con gusto lo dejaba; pero ahora bajé a los llanos, y el pleito nomás es mío.

"—Respeto sus sentimientos y su modo de pensar; pero el orgullo lo ciega, pues ninguna precaución sobra cuando se trata de los Santiago.

"—No quiero armar otra revolución; ahora no se trata de eso. Este asunto es particular; los Santiago no soportan que nadie les haga sombra, y mientras viva en el pueblo, no podrán sentirse cómodos ni respirar a gusto.

"—Le recomiendo que vele, y duerma con los ojos abiertos; los amigos no siempre son leales, y fácilmente permiten que los tiente el Diablo. Los Santiago con su dinero acostumbran pervertir las voluntades... En la sierra usted podía saber quiénes eran sus amigos y quiénes sus enemigos; pero aquí no se encontrará seguro, sino hasta la hora de la muerte... Ni el mismo Jesucristo, aunque era Hijo de Dios y de la Santísima Virgen, pudo librarse de los amigos falsos...

138

"—Entonces ¿para qué preocuparme cuando soy de barro, y nací para regresar al barro?

"En la calle el arriero reunió a sus mulas dispersas, y repartiendo maldiciones y chicotazos se dirigió con su recua a las orillas del pueblo, hacia el campo abierto, hacia la llanura ilimitada y sin compromisos. Mientras tanto, en la tienda de La Purísima, doña Encarnación Pérez le aseguraba apasionadamente al tendero:

"—Usted cree que lo soñé; pero con estos ojos pecadores, con estos ojos que se comerán los gusanos, lo vi pasar frente a mi ventana, y lo seguían cuando menos cien hombres a caballo... Se lo juro por el eterno descanso de mi difunto marido, le juro que mis labios no mienten... Bueno, quizá exagero un poco. No tuve tiempo ni calma para contarlos, y sólo calculé a bulto; pero eso sí, eran muchos, y estoy segura de que los vi convertirse en lechuzas, los vi volar por los aires, y perderse entre las negras nubes del cielo. En la calle nomás quedaron Pascual Gutiérrez y Rogelio Zermeño que lo acompañaba.

"—¿No será que de tanto rezar por los difuntos, se le empieza a agotar el cerebro, se le debilitan las facultades, y ya comienza a padecer alucinaciones?

"Apenas se retiró doña Encarnación Pérez, silenciosa, negra y amenazante como una nube de tormenta, don Pánfilo López cerró las puertas de La Purísima, y se alejó por la calle. Las noticias lo preocupaban, lo sumían en un mundo de ardientes y atormentadas cavilaciones; no saludó a Doroteo y

Valente (ni siquiera reparó en ellos) que hacían guardia en la puerta de la presidencia municipal. Miraron con enojo al comerciante; sin embargo, no le reclamaron el desaire; aunque eran irrespetuosos y exigentes con los pobres, no se atrevían a igualarse con los ricos (odiados, sí, pero protegidos por el talismán de su dinero), lujo que sólo se permitía Juan Santiago.

"—Apenas ayer vino a pagar contribuciones, y no creo que haya regresado por gusto. Los ricos de este pueblo no quieren a las autoridades, y sólo me respetan porque son un hato de miedosos, pero no me hago ilusiones; ya me imagino que en cuanto vuelvo la cara, me insultan para sus adentros hasta que se les agota el rencor del alma.

"—En cuanto me ve, se pone a lanzarme cuchufletas; pero ahora dejemos eso. ¿No sabe quién se apareció en el pueblo? ¿No le han llegado noticias?

"—No le ofrezco asiento, porque soy la autoridad, y me hallo muy por encima de usted y de todos los ricos del pueblo. En mi presencia, ricos y pobres deben estar de pie, aunque no les guste, aunque piensen que soy ordinario y majadero. . .

"—Ahora dejemos eso. ¿Todavía no le han informado que Pascual Gutiérrez está en el pueblo? ¿No sabe que regresó anoche?

"—El que manda aquí soy yo, y ¡pobre del que lo dude!; pero encima de mí hay autoridades más altas. Lo han indultado y no puedo llevarles la contraria. Además, yo sé cumplir con mi deber, y no tolero que nadie se meta en mis negocios, en los asuntos que nomás son de mi incumbencia.

"—Acuérdese de mi promesa. ¿Acaso no sabría arreglárselas para que el asunto pareciera legal? ¿Acaso no podría disculparse alegando que el rebelde intentaba levantarse de nuevo en armas, y que había pedido el indulto nomás para reponerse y regresar a las andadas?

"—Mire, infeliz, mejor lárguese a su tienda, dedíquese a murmurar con las mujeres, y a vender centavos de chiles, y cuando sea tiempo no olvide pagar sus contribuciones; pero con la boca cerrada, pues no soporto a los boquiflojos —entonces Juan Santiago, aunque no se lo proponía, se había dejado dominar por el enojo.

"—Olvidaré sus palabras injuriosas sólo porque no puedo dejar de preocuparme por el bien del pueblo. Estoy seguro de que el rebelde piensa regresar a las andadas, y nomás quiere burlarse y engañar a las autoridades...

"—Si lo hace, tomaré las medidas necesarias; él no vale tanto como para quitarme el sueño, ni tampoco me preocupa que cuando usted salga de aquí, vaya con el rebelde y se ponga a sus órdenes, le ofrezca dinero y le diga que usted me odia, y que le gustaría verme muerto... Pero por su bien le aconsejo que se quede detrás del mostrador, se dedique a vender manojos de chiles, y no se mezcle en asuntos de hombres cabales, porque puede verse en aprietos.

"—De buena fuente sé que el rebelde se esconde

141

en la casa de los Zermeño. Usted mismo puede comprobarlo...

"—Nomás se dedica a oír chismes detrás del mostrador —dijo Juan Santiago con desprecio y enojo, y luego agregó—: pero no trate de pasarse de listo. Le platicaré lo que el rebelde le contestará, cuando oiga, si acaso escucha, sus proposiciones: 'Eso me lo debería haber ofrecido cuando andaba remontado en la sierra, y no ahora que prometí estarme en paz.' Después si tiene suerte, nomás lo sacará a puntapiés hasta la calle. Pascual Gutiérrez odia a muerte a los ricos, y su anhelo, su sueño más querido, es arrancarles hasta el último centavo. Además, si al rebelde pudiera quedarle alguna duda de su persona, yo mismo lo pondré al corriente de los ofrecimientos que me hizo cierto individuo.

"El dueño de La Purísima palideció, tembló como si lo hubieran sorprendido amañando la balanza de su tienda. Sin embargo, se atrevió a protestar, a tratar de defenderse:

"—Olvida que soy una persona decente, y en cambio, él es un rebelde sin remedio. Usted no puede estar de parte de un enemigo del gobierno, de un enemigo jurado del orden y la tranquilidad.

"—Los burgueses de este pueblo no han comprendido, y no quieren comprender, que les conviene más someterse a mi persona, confiar sus intereses en mis manos, y a la larga saldrán beneficiados... Mire, para demostrarle mi buena voluntad, le ofreceré un consejo: apártese del camino de Pascual Gutiérrez (él no es como yo que hablo y razono con la gente). Hasta las tropas más fogueadas le tenían pavor. Soldado que resultaba en el combate con un balazo en la frente, se podía estar seguro que era obra del rebelde, porque no acostumbra disparar a ciegas ni desperdiciar el parque. Apunta, y cuando apunta, su enemigo empieza a oler a cadáver. Sí, debe cientos de vidas, y a una más nadie le daría importancia. ¿Se acuerda? Una vez tuvo enemistad con un capitancito por cuestión de faldas, y el militar se creía seguro porque se encontraba en Tonantlán; pero para el rebelde no hay imposibles. Un día se descolgó desde la sierra hasta el pueblo, y cuando nadie lo veía, le dio un balazo en la frente al militar.

"Pánfilo López se angustió, palideció como un enfermo incurable.

CAPÍTULO 18

"—No soy tan miserable para insistir en el cobro de unos centavos. Quiero hablarle de un asunto diferente —le aseguró Pánfilo López a Rogelio Zermeño que parpadeaba frente al mostrador de la tienda—. No sé cómo explicárselo, pero he estado pensando en Pascual Gutiérrez. No hace mucho tiempo, y en este mismo lugar, le aseguré que había ofrecido, y que daría gustoso, un premio por la cabeza del rebelde. ¡Las tonterías que se nos ocurren en un rato de mal humor! Si tengo alguna disculpa es que estaba engañado; creía que su intención era perjudicarnos, que sólo lo movía el rencor, que era un asaltante de camino real, un bandido disfrazado de revolucionario. Ahora, en cambio, creo que yo, y muchos como yo, nos hallábamos equivocados...

"Rogelio Zermeño sonrió con incredulidad.

"—Conocí a Pascual Gutiérrez cuando él era un muchacho —siguió diciendo el comerciante—, y lo creía perdido en el mal camino (si a uno le enseñan ciertas ideas, es difícil que de grande cambie de parecer); pero el mundo ha dado vueltas y más vueltas, y al fin he comprendido la verdad. Antes creía que el enemigo nos acechaba en la sierra, y sólo aguardaba una oportunidad para apoderarse del pueblo, asesinarnos y despojarnos de nuestros bienes.

Sin embargo, ahora que regresó Pascual Gutiérrez, comprendo que lo único que desea, lo único que ha deseado, es que le permitan vivir en paz. Una vez se remontó en la sierra; pero no abrigaba malas intenciones, sino que quería el bien del pueblo, y buscaba la justicia para el pobre.

"—¿Cómo llegó a tales conclusiones? Es como para maravillar a cualquiera. ¿No me cuente que ya empieza a consentir ideas revolucionarias?

"—Óigame, que le hablo con el corazón en la mano: antes creía que el enemigo moraba en la sierra, pero hoy comprendo que el enemigo, el verdadero enemigo de todos, desde hace mucho vive aquí. Un día llegó fingiendo humildad y deseos de servir al prójimo, mañosamente se fue apoderando de las voluntades y de los bienes del prójimo. Ahora nos tiraniza, nos trata como a un hato de borregos, y día y noche nomás piensa en la manera de perjudicarnos.

"—Es mejor que mida sus palabras. Ese hombre tiene espías en todas partes, y no se tienta el corazón para ordenar un crimen.

"—Debíamos soportar su tiranía, y hasta murmurar nos estaba prohibido. Sin embargo, ahora no se atreve ni a mover un dedo, pues sabe que hay alguien que puede pedirle cuentas. Sin ir más lejos, hace ocho días, ni estando loco me habría animado a murmurar, en cambio, ahora nuevamente se empieza a respirar el aire libre, y ya no vive nadie temiendo hasta de su sombra.

"—Cada quien tiene su manera de pensar —ma-

145

nifestó Rogelio Zermeño—, pero la suya empieza a parecerme peligrosa.

"—Sólo Pascual Gutiérrez puede librarnos de nuestros enemigos —dijo con vehemencia el dueño de La Purísima—. ¡Ojalá pudiera comunicarle que no se halla sólo, que cuenta con armas, dinero y simpatías, y no nomás de los ricos, sino con las de todo el pueblo! Bastaría que Pascual Gutiérrez se parara en medio de la plaza, y todo mundo lo aclamaría, obedecería sus órdenes y lucharía a su lado. Entonces los ricos desconoceríamos a Juan Santiago, y a él lo nombraríamos presidente municipal.

"—Sus palabras me parecen locura de mariguano, y no tienen pies ni cabeza. ¿Todavía goza de sus facultades? Cuando mi amigo se entere, pensará que es una trampa, una trampa urdida entre usted y los Santiago... Eso es jugar con lumbre, es haberle perdido el amor a la vida.

"—Mientras los Santiago gobiernen, usted sólo recibirá humillaciones y malos tratos. En su envidia no perdonan a nadie que tenga o haya tenido dinero. En cambio, si Pascual Gutiérrez triunfa, usted resultará muy beneficiado.

"—Lo que me propone es muy peligroso; tal vez mi amigo se enfurezca, y desquite en mí el enojo que le cause su recado. Además, que le deba unos centavos, no le da derecho a tratar de convertirme en su mozo; si tiene ganas de hablarle, búsquelo, y dígale lo que quiera.

"A la hora del crepúsculo, Rogelio Zermeño entró en su casa, sin hacer el menor ruido. Entre las

146

sombras del corredor, frente al patio, sorprendió a Pascual Gutiérrez absorto en sus pensamientos.

"—¿Qué habría sucedido si en lugar de haber entrado yo, te sorprenden los Santiago? Cuando salí a la calle, te encargué hasta el cansancio que atrancaras la puerta.

"—Pierde cuidado, que te conozco los pasos. A los Santiago los habría recibido cómo se lo merecen.

"—Contigo nadie puede tomar ventaja. Me alegro, porque me he enterado de una cosa, y cuando te la platique, sabrás si te conviene tomarla o dejarla... Bueno, los ricos están hartos de los Santiago, y quieren encomendarte que los expulses del pueblo; te conseguirán armas, dinero, hombres y todo lo que pidas y gustes.

"—¿Por qué no se toman ellos mismos el trabajo? Cuentan con todo lo necesario, y saben que no movería un dedo en favor de los Santiago.

"—Tienen todo menos tu valor y tu decisión para enfrentar el peligro.

"—No estoy para meterme en líos, y mi deseo es que me dejen en paz.

"—En el pueblo no hay quien se atreva a hacer cabeza, a dar la voz de rebelión contra los Santiago. No te aconsejo que te metas en líos; pero si los expulsas, ya no habrá nadie que piense en tu daño. Además, es posible que un día decidan echársete encima, y entonces de todas maneras tendrás que pelear con ellos.

"—Tú estabas presente cuando le di mi respuesta al arriero.

"—Con la ayuda de los pobres, sólo conseguirías que se presentaran las tropas federales. En cambio, si los ricos te apoyan, en caso de que aparecieran soldados sería para pelear a tu favor, y en contra de los Santiago. Entonces representarías a las fuerzas de la legalidad y el orden, pues para asegurarte el triunfo, los ricos mandarían un representante a Guadalajara, y allá dispondría las cosas a tu favor... El resto sería fácil: a los Santiago que sobrevivieran, los obligaríamos a pagar sus crímenes en la cárcel.

"—Después los ricos no tardarían en querer cobrarse el favor, y como no les permitiría imponerme su voluntad, pensarían que era un malagradecido, se pondrían a recordar mi pasado, y no les faltaría pretexto para perjudicarme. Ahora con los Santiago sé qué me espera; en cambio con los ricos nunca sabría a qué atenerme.

"Antes de acostarse, como de costumbre, Hermelinda rezó interminables oraciones, sin olvidar a los santos, mayores y menores, a los mártires y a las vírgenes, a los apóstoles de su predilección. Los hombres también se acostaron; pero, aunque en el cuarto reinaba la oscuridad, sus pensamientos los desvelaban, se removían entre las sábanas, y no lograban conciliar el sueño.

"—No olvides las palabras de los ricos. Convendría que las meditaras detenidamente, que al fin no corre prisa —dijo en las sombras Rogelio Zermeño.

"—Toda mi vida luché por los pobres, por los campesinos sin tierra. Ponerme al servicio de los ri-

148

cos, sería tanto como traicionar mis promesas, engañar a los que creyeron en mí. Además, los Santiago y los burgueses son dos caras de la misma moneda; los dos me odian y yo odio a los dos partidos. Lo mejor para mí es que peleen entre ellos, y cuantos más pocos queden, más tranquilo viviré.

"—Sí, hablé como un cobarde, como un cobarde que piensa en la felicidad de su hermana única y huérfana de padres. Ella te ama, y por eso traté de aconsejarte en tu provecho.

"—A ella le gustaría, y siempre ha querido verme trabajar en paz.

"Las mujeres serían felices si los hombres no acudiéramos a las cantinas, ni fuéramos a las guerras, ni nos metiéramos en líos; pero a pesar de que soy gente pacífica y partidario del recato, admito que hay asuntos que sólo pueden arreglarse con las armas en la mano.

"—En adelante dejaré que el mundo corra, y me dedicaré a mis negocios.

"Cuando un individuo se mete en un camino, aunque tenga la mejor voluntad de abandonarlo, los que vienen atrás lo empujan hacia adelante.

"—Me parece que alguien te convenció de que me convenía adelantarme a mi destino, a lo que inevitablemente un día de éstos me sucederá de todos modos.

"—Nomás te pasé al costo lo que hablan en las calles; pero lo que muchas bocas dicen, raramente lo desaprueban los sabios, y hasta el mismo Dios lo toma en cuenta.

149

"—Cuando me decido, es imposible que cambie de pensamiento. Si regresé a Tonantlán, fue para dedicarme a vivir en paz con los vecinos.

"—Desde chico fuiste terco, sordo a los buenos consejos —aseguró Rogelio Zermeño con enojo—; pero algún día te arrepentirás, y entonces nada ganarás con tu arrepentimiento.

"Los amigos guardaron silencio, escucharon el monótono y melancólico murmullo del viento, del viento que en el patio azotaba las copas de los naranjos, que imitaba, que se burlaba, que se mezclaba con los aullidos de los perros, que golpeaba las puertas y las ventanas, que inquietaba las conciencias culpables, el viento oscuro que atravesaba los llanos, que arañaba las paredes, que se colaba por las hendiduras. Ninguno de los dos amigos podía conciliar el sueño, y se removían con impaciencia en sus lechos, con los ojos abiertos, casi delirantes, mirando con fijeza el corazón de las tinieblas. Al mucho rato, Rogelio Zermeño le preguntó a su amigo:

"—¿Cómo lograste vivir casto durante años y años? Yo me habría vuelto loco en la sierra... En mis noches de soledad y soltería me ataca la desesperación. Siento ganas de lanzar alaridos, de revolcarme en el suelo. En cambio, tú ya olvidaste cómo tienen el cuerpo las mujeres, y lo que es peor: ni falta te hace saberlo.

"—No se te ha quitado la costumbre de hablar a la ligera.

"—Si estuviera en tu lugar, me levantaría de noche, y me deslizaría en su cama... El amor ablanda las voluntades. Te será fácil convencerla: nomás recuérdale que pronto se casarán, prométele que todo quedará en secreto; aunque yo descubriera su pecado, tendría que disimular, pues a mí menos que a nadie me convendría armar alboroto.

"—Sólo no me disgusto porque te conozco; eres un boquiflojo, y desde chico lo fuiste; pero no trates de colmarme la paciencia. Todo tiene un límite en esta vida... —le advirtió Pascual Gutiérrez.

"—Antes en el pueblo circulaba mucho dinero, tanto, que hasta había tres prostíbulos, casas de lo mejor, con rameras traídas desde El Naranjo, y hasta de Guadalajara. ¿Recuerdas a la Lupe, aquella morena que tenía cintura de avispa, caderas anchas, senos dignos del regalo de un obispo? Los muchachos nos la peleábamos. Cuando alguno entraba con ella en el cuarto, los otros nos la pasábamos llamando desesperadamente en la puerta, rogándoles que se dieran prisa. Acuérdate: aquella morena, la Lupe, que se negaba a cobrarte; hasta te ofrecía dinero, y hubiera dado cualquier cosa por ser tu amante, pero tú la despreciabas con tu orgullo, con tu desprecio de hombre afortunado. ¿Te acuerdas? La morena terminó por irse con un sargento de caballería, y se marchó impulsada por la desilusión y el despecho. Para ciertos asuntos nunca has tenido los pies bien puestos en la tierra, y deben llevarte de la mano, aconsejarte como a un niño... Me da lástima verte acostado ahí, frío e insensible como una piedra, sin sospechar, sin imaginar siquiera que en

151

este mismo instante una persona que yo conozco, le reza a Dios que te ilumine y te des cuenta de que en las noches nunca atranca la puerta de su pieza.

"—¿No sabes que hay algo que se llama respeto?

"—No estoy ofreciendo a mi hermana en las cuatro esquinas. Estas cosas nomás te las digo a ti, porque te estimo, y ella se sentiría muy contenta.

"—Pronto nos casaremos, y no debo adelantar un asunto tan delicado, un asunto que puede malograrse con la prisa.

"—¡Cómo serás idiota! —exclamó Rogelio Zermeño con enojo—. ¿Te volviste marica mientras andabas en la sierra? ¿Ya no te gustan las mujeres?

"—Mejor vámonos respetando —le aconsejó su amigo.

"—¡En adelante cada quien cuidará sus intereses; ya me cansé de darles consejos a los malagradecidos!

"Pascual Gutiérrez oyó cómo su amigo golpeaba con furia la puerta de la calle.

CAPÍTULO 19

"EN CUCLILLAS, recargado contra el muro de una casa, el Zurdo tocaba su armónica en medio del silencio de la noche, y vertía una infinita tristeza en las notas musicales, pero una presencia extraña lo obligó a interrumpirse; sin embargo, el Zurdo se tranquilizó al oír una voz conocida.

"—¡Qué milagro! ¿Te dieron permiso para salir de la cárcel, o acabas de fugarte? —le preguntó Rogelio Zermeño.

"—Desde hace días gozo de libertad, pero me ausenté del pueblo para cumplir un encargo.

"—Yo en tu lugar habría aprovechado el viaje, y me habría marchado para no volver. La próxima paliza puede costarte la vida (la vida que nomás es tuya, la vida que no retoña); pero aún te queda tiempo: aprovecha la oscuridad de la noche, y nunca regreses a Tonantlán.

"—Mi patrón pudo haber terminado conmigo. En sus manos estuvo, pero no lo hizo, y le agradezco que se haya conformado con medio matarme a chicotazos.

"—¿Qué haces a estas horas despierto? ¿Por qué tocas la armónica como si el sol brillara en el cielo? ¿No me cuentes que los golpes te dañaron la cabeza, y te volviste loco de atar?

153

"—Dizque Doroteo y Valente son los encargados de vigilar las calles, pero Juan Santiago los tiene cumpliendo una diligencia. Ahora los reemplazo porque me lo ordenó, y más haría si me lo ordenara. Le estoy agradecido en el alma: muy bien pudo haberme mandado al otro mundo, y se conformó con medio matarme a chicotazos... Ahora que lo veo, recuerdo que me ordenó que si lo encontraba, lo llevara en el acto a su presencia.

"Cuando Rogelio Zermeño llegó en compañía del Zurdo al corral de los Santiago, con la ayuda de la luna pudo reconocer las pálidas figuras de Doroteo, Valente y Juan Santiago, armados con fusiles 30-30, vigilando sin descuidar la puerta de la troje.

"—Ya no sé cómo apaciguar al Cacarizo y a sus hermanos —le confesó Juan Santiago a Rogelio Zermeño—. A pesar de que tuve la precaución de sorprenderlos dormidos y amarrarlos codo con codo, si me descuido, pueden huir de la troje, y no los volveré a ver en mucho tiempo.

"—Te consume la impaciencia; ¿no acordamos que yo daría la señal?

"—Si has oído los rumores (y me niego a creer en tu ignorancia), debes saber que alguien que conozco intenta azuzarme a Pascual Gutiérrez. Hasta ahora me ha salvado que el rebelde es rebelde de pies a cabeza; pero quizá un día lograrán convencerlo a fuerza de tentarlo con dinero y promesas... ¿Tú qué esperas? ¿Darás la señal el día del juicio por la tarde, cuando hayas calculado bien de qué parte te conviene estar a la hora de los disparos?

154

"—Si desconfías de mí o llevas prisa, puedes comenzar por tu cuenta.

"—Ya no sé cómo apaciguar a los Pinillas. Estoy sufriendo disgustos a todas horas, y tengo urgencia de que esto termine para fusilarlos, o darles una hierba venenosa.

"—A los que te sirven les pagas con la más negra de las traiciones.

"—Si obedecieran, no tendrían queja de mí; pero no soporto que nadie se me insubordine, y menos unos asesinos tan peligrosos como los Pinillas. Hablando de otra cosa, ¿qué me cuentas del rebelde? A los individuos como él no hay manera de agarrarlos dormidos. Desde que regresó al pueblo, ni siquiera se ha emborrachado para celebrar su vuelta. El hipócrita quiere parecer muy virtuoso a los ojos de la gente...

"—Con él fracasa la sabiduría del Demonio. Y según parece, su única debilidad es favorecer a los infelices agraristas.

"—No he tenido noticia que frecuente a las rameras, ni que procure el licor y la música. Ya pienso que ni es hombre cabal.

"—Anímate a preguntárselo —le dijo Rogelio Zermeño—. Quizá no es tan bravo ni tan feroz como cuenta la fama.

"—En esta clase de asuntos más vale armarse de paciencia, y no pecar de confiado.

"—Eres más cobarde de lo que imaginaba —aseguró Rogelio Zermeño—. Sólo te atreverías a mirarlo de frente, si te lo presentaran encadenado. Aun entonces creerías que podría romper las cadenas y perjudicarte.

"—Para un valiente, siempre hay otro con más valor. La prueba es que muy pocos consiguen llegar a viejos.

"—En eso te doy la razón: los valientes viven más en el recuerdo de la gente que en este mundo traidor.

"—Sí, pero acuérdate que también los traidores raramente llegan a conocer la vejez… Te crees muy listo, y nomás trabajas en tu daño. ¿En qué puede favorecerte el rebelde? Cuentan que tiene un tesoro enterrado en la sierra; pero aunque esto sea verdad, tú nunca lo disfrutarás. Su locura es socorrer a los pobres con el dinero de los ricos, y tú, en lugar de salir beneficiado, puedes llegar a perder los pocos bienes que te quedan. Aunque alguna vez se convierta en tu cuñado, eres dueño de tierras de labor, y eso lo indispone con sus partidarios. Además, los prefiere a ellos. En cambio, a ti y a tu hermana siempre los ha despreciado (es la verdad, aunque te enojes). Ahora ha ido a refugiarse a tu casa, porque sus parientes se niegan a recibirlo, se niegan a comprometerse por un individuo fracasado hasta lo último, repudiado hasta por los perros. En cambio, mucho saldrás ganando si te pones de mi lado. No es un secreto, y tú lo sabes: llegué a Tonantlán sin un centavo, y en poco tiempo he conseguido progresar, tanto, que ahora soy el que manda aquí (cuando el rebelde desaparezca, ya no encontraré estorbos) y el dinero de los ricos tarde o temprano vendrá a

156

parar a mi bolsa. ¿Crees que no te conviene mi amistad?... Tal vez ahora el rebelde, con la ayuda de mis enemigos, logre sacarme del pueblo. Es difícil, pero suponlo (te doy permiso de que goces con tu imaginación). ¿Cuánto tiempo tardarían los ricos en traicionarlo? Entonces nomás serías para ellos un aborrecido y odiado partidario de Pascual Gutiérrez.

"Los dos hombres guardaron silencio. En el corral sólo se oía la triste, desgarradora música de la armónica del Zurdo. Rogelio Zermeño murmuró al oído de Juan Santiago:

"—Sería conveniente que el Zurdo me prestara su armónica, y con ella daré la señal cuando sea la hora.

"—Una cosa sí te recomiendo mucho: por ningún motivo quiero que te valgas de una droga para dormir al rebelde, pues al despertarse en el otro mundo, no sabría a quién atribuirle su desgracia. Quiero matarlo en sus cinco sentidos, para que se acuerde de mí, y el no poder vengarse le amargue la eternidad. Quiero que sufra sempiternamente, que sufra como yo he sufrido esperando su desgracia, temiendo que lo que tanto deseo se me vaya de las manos.

"—Me pregunto si después no tendrás dificultades con el gobierno.

"—Lo perdonaron porque no les quedaba otro remedio, y les alegrará mucho verse libres de un individuo molesto y peligroso. Lo malo es que en las ciudades lo legal los atormenta demasiado, y hasta son capaces de venir a averiguar las cosas; pero me

157

conseguiré unos testigos falsos, y jurarán que el rebelde quería levantarse otra vez en armas. . . Sin ir más lejos, tú podrías servirme de testigo. . .

"—Uno de los partidarios de Pascual Gutiérrez, uno de esos salvajes de la sierra, podría bajar al pueblo y tenderme una trampa en la oscuridad de la noche.

"—Te voy a favorecer, pero a cambio debes obedecerme, ayudarme, y no pensar nomás en lo malo que pueda sucederte.

"—Soy un Zermeño, un hombre de conciencia, y no de la misma clase de los Santiago.

"—En este pueblo miserable, entre más muerta de hambre se halla la gente, más orgullosa se vuelve. Te ofrecí mi amistad, y abiertamente la desprecias, como si valiera un cacahuate, como si yo no fuera el hombre más poderoso del pueblo, como si en mis manos no estuviera levantarte de la pobreza.

"—Lo que en realidad quieres es que disimule cuando le hagas la ronda a mi hermana. . . Aquí hay muchos burgueses arruinados, y también pobres de nacimiento que le venderían su alma al Diablo; pero los Zermeño no nos prestamos a cosas tan bajas.

"—Si te aseguro que con tu hermana llevo buenas intenciones, ¿qué respondes? Sí, soy casado y tengo hijos. Sin embargo, la ley admite el divorcio, y deja en libertad a los divorciados para volver a casarse, y el segundo matrimonio vale como el primero. Me casé cuando era un don nadie, y ahora es justo que tenga una esposa de mi categoría.

"—Aquí tenemos nuestras costumbres, y nada nos

importan las leyes de las ciudades. Aunque te casaras legalmente con mi hermana, jamás convencerías al pueblo de que era algo más que tu querida, y como tal la tratarían... Aun suponiendo que todo te saliera bien, ¿quién te asegura que me gustaría emparentar con los Santiago?

"—Muy pronto le harán sentir a Tonantlán el poder y el rigor de las leyes federales. Veremos si cuando aparezcan las tropas del gobierno, hay un valiente que se anime a oponerse al reparto de las tierras... Lo único que te queda, aparte de tu orgullo, son las tierras de labor, y no está lejos el día en que las verás en mano de los agraristas. (Eso sí, lo reconozco: Pascual Gutiérrez les ganó la partida a los malditos terratenientes.) Calcula si te conviene mi amistad: nomás yo tengo suficiente poder y dinero como para que los ingenieros del gobierno se hagan disimulados, y no repartan tus tierras... Date cuenta de que la hora de los Zermeño pasó hace mucho, y los que valen hoy día son los Santiago.

"—Hay algo que no podrás cambiar, aunque muevas tierras y mares, aunque te cortes las venas, y te vacíes hasta la última gota de sangre: toda tu vida continuarás siendo un Santiago, un Santiago al que en apariencia le rinden; pero en el fondo lo desprecian y lo abominan. Nunca te perdonarán que después de haber sido pobre, ahora tengas riquezas.

"—No sabes amoldarte a los nuevos tiempos, no quieres darte cuenta de que los Zermeño ya pasaron de moda, y los pocos que quedan se consumen en la pobreza, y ya su gloria nomás es un recuerdo...

"—No hablemos de lo que no comprendes, ni comprenderás en un siglo.

"Rogelio Zermeño tomó la armónica del Zurdo, dio la media vuelta, y salió sin despedirse. A pesar de que era más de medianoche, se puso a vagar por las calles, y caminó hasta agotarse. Cuando quiso regresar a su casa, un cuerpo extraño se le atravesó en el camino, le cerró decididamente el paso. Las sombras eran tan espesas que Rogelio no lograba distinguir a su enemigo, aunque lo tenía tan cerca que podía oír su respiración... El extraño le dejaba el paso libre si Rogelio se encaminaba hacia otro rumbo, pero cuando se dirigía a su casa, se le atravesaba y le cerraba tercamente el paso. Sólo cuando los gallos presintieron la luz del día, y las campanas de la iglesia llamaron a la primera misa, el enemigo se retiró.

"En el patio y en el corredor había una promesa de luz, pero en la pieza aún era de noche. Sin embargo, al entrar adivinó que Pascual Gutiérrez tenía los ojos abiertos, y lo miraba fijamente en lo oscuro. Rogelio Zermeño sin hacer ruido ni decir una palabra se sentó en su petate; le desazonaba que su amigo lo mirara en silencio, fijamente, sin hablar. Tuvo la esperanza de que nomás fuera una ilusión de sus sentidos, y le preguntó si dormía.

"—No pienses que me desvelan tus andanzas —le respondió, se enderezó un poco en la cama, se apoyó sobre los codos, y guardó un profundo silencio.

"Para defenderse, para librarse del peso insoportable del silencio, Rogelio Zermeño murmuró casi con dulzura:

”—Cuando pienso que eres mi amigo, y que te casarás con mi hermana, me brotan de los ojos lágrimas de alegría.

”—¿Por qué no haces de una vez lo que planeas desde el primer día? Si ya te hubieras atrevido, ahora no sufrirías tanto.

”Rogelio Zermeño se levantó de un salto, como si de pronto le hubieran cruzado la cara con un chicote. La voz de Pascual Gutiérrez, aunque terrible para su amigo, era tranquila y serena, casi pálida, como la de un alma que contempla el mundo desde el más allá, sin las pasiones que torturan y mortifican la carne de los vivos.

”—No entiendo qué quieres decirme con esas palabras.

”—Tus pensamientos te torturan, y te torturan porque desean que te ruegue que te quedes, que no vayas a hacer lo que desde hace tiempo vienes planeando.

”En el cuarto se hizo un silencio largo, pesado y molesto.

”—Pídemelo y me quedaré aquí toda mi vida —le rogó Rogelio mientras se retorcía las manos con angustia—. Desde niño me gustaba contemplarte, y aún puedo pasarme las horas mirándote, sintiéndome feliz, pensando que todos los hombres deberían ser como tú, y parecerse a ti en lo cabal y lo completo.

”—Pretendes aturdirte con el sonido de tus palabras, y no oír la voz que te grita dentro del pecho,

161

que te ordena hacer lo que vienes planeando desde el primer día, desde el mismo día en que me conociste. No lo has hecho porque aún tienes esperanzas, y aguardas que te ruegue, pero nunca te rogaré.

"—Siempre hemos sido amigos y podríamos continuar siéndolo; no me cuesta ningún trabajo quedarme si me lo ordenas...

"—Soy orgulloso y no acostumbro pedirle favores a los amigos.

"—¿No quieres que me quede? Asegúrame que me tienes confianza, y me estoy aquí toda la vida; si tú crees en mi inocencia, yo también creeré en ella.

"Pascual Gutiérrez volvió a tenderse sobre la cama, y después suspiró. El silencio se tornaba cada vez más insoportable y pesado. Rogelio Zermeño aguardó cinco largos, interminables minutos, con la esperanza de que su amigo le hablara; pero no pudo aguantar más tiempo el peso de aquel silencio, un silencio más opresivo que una mirada que resumiera todos los reproches y los rencores de la tierra.

"En el corredor había bastante luz, y Rogelio Zermeño pudo caminar sin preocuparse de las sombras, las sombras que antes ocultaban traicioneros estorbos: sillas, pilares, muros, hombres, bestias nocturnas, pesadillas, apariciones.

CAPÍTULO 20

Una tos seca y maligna le cortó el habla a don José María López. En su desesperación, el viejo tiró al suelo su cigarro de hoja, escupió sobre la colilla, y la pisó con rabia y desprecio.

—Es difícil creer que mientras Rogelio hablaba con Juan Santiago, Pascual Gutiérrez se haya quedado todo el tiempo en la soledad —dijo don Santos Parra.

—Las cosas no sucedieron como usted cree —dijo don José María López cuando logró calmarse—; Pascual Gutiérrez no tenía malos pensamientos, sino que se levantó por algo diferente —luego el viejo torció lentamente otro cigarro de hoja. Lo encendió con su pedernal, y por la fuerza de la costumbre lo protegió con su mano ahuecada, aunque en el corredor no soplaba el viento, ni podía caer la lluvia; después el hombre habló—: como no lograba conciliar el sueño, la desesperación lo obligó a abandonar la cama. Fue a la habitación de Hermelinda, llamó en la puerta, y se sentó a esperar en una silla frente al patio, contemplando cómo la luz de la luna alumbraba los naranjos. Cuando apareció Hermelinda, Pascual Gutiérrez le preguntó:

"—¿Oíste cómo azotó tu hermano la puerta? No me imagino a dónde pudo haber ido a estas horas de la noche, ni qué negocios puede tener en la calle.

163

"—El pobre últimamente se muestra inquieto y angustiado, como si lo atormentara un mal pensamiento.

"Pascual Gutiérrez se hallaba sentado, y la mujer de pie, y los dos contemplaban los naranjos bañados por la luz de la luna.

"—Olvida tus preocupaciones, olvídate de tu hermano. Tal vez mañana no tendremos la fortuna de estar juntos y solos.

"—Se hará lo que Dios disponga —respondió con voz sumisa, y se sentó dócilmente en una silla, al lado del hombre.

"—Hace mucho que Dios me dejó de su mano. Pero olvidemos esos pensamientos tristes; quiero gozar un rato de tu compañía, pues el tiempo corre, pasa volando, y quizá no volveremos a tener la suerte de esta noche.

"El hombre y la mujer guardaron silencio, se dedicaron a contemplar los naranjos bañados por la luz de la luna y las blancas manchas de los azahares sobre el negro suelo del patio.

"—A veces pienso que deberíamos darnos prisa y adelantar la fecha de nuestra boda, pero sería un crimen traer a un inocente a sufrir a este valle de lágrimas, a un inocente que nomás podría heredarle tristezas... Hermelinda, ¿crees que las almas de los hombres podrán conocer otra vida?

"—¡Dudarlo es pecado mortal!

"—Hay ratos en que me gustaría ser como los que se echan a dormir siesta bajo los rayos del sol, sin preocuparse de nada.

164

"—Has sufrido mucho, pero puedes levantar la frente con orgullo.

"—Por dentro me habré quebrado en mil pedazos, y en mi interior habré sufrido mil agonías; pero nadie me ha visto humillarme, y moriré sin arrepentirme, sin retroceder un paso... Hermelinda, ¿crees en el más allá?

"—¡Es posible que lo dudes! —exclamó alarmada—. Dudarlo es pecado mortal.

"—Para algunos es un consuelo creer en una justicia divina, pero de nada sirve aconsejarle a un condenado (ahora mismo traigo el infierno en mi pecho) que confíe en la bondad divina. Siempre he vivido solo, cada vez me estoy quedando más solo. En su agonía el hombre debe enfrentarse a la soledad más completa, pero no temo la justicia ni la venganza de Dios. Lo que me angustia es exigirle cuentas. ¿Qué me responderá de los crímenes que no permitió que mi mano impidiera? ¿Qué responderá de su traición, de sus promesas incumplidas, después de haber prometido tanto por boca de su Hijo? Temo echarle en cara su injusticia y decirle: 'Me castigas porque deseas seguir siendo inocente y perfecto, y quieres que cargue con la cruz de tus pecados; no te bastó la sangre derramada por tu Hijo.' Entonces, como no sabrá qué responderme, se escudará en su eterno silencio, en su indiferencia infinita...

"—Tú siempre has luchado por el bien de los pobres, y Cristo tiene que tomártelo en cuenta en este mundo o en el otro.

"—¿No lo habías advertido? Soy renegado y desconozco la resignación. Odio este infernal valle de lágrimas, esta tierra maldita que Dios creó para castigar no sé qué crímenes del hombre, donde los ricos se atormentan con su codicia, y torturan a los pobres y los condenan a la pobreza.

"—Has luchado por el bien de los pobres, y Cristo tendrá que tomártelo en cuenta en este mundo o en el otro.

"—Al que baja a la tumba lo abandona la esperanza.

"—Antes tus pensamientos eran más alegres —murmuró ella con tristeza—. Ahora has perdido la fe en esta vida y en la otra.

"—Era joven y sin experiencia, y nada me había amargado la vida —el hombre se levantó de su silla y empezó a caminar de un lado a otro del corredor—. ¿Sientes cómo la muerte ronda esta casa, y se aproxima más y más? Ya quiero que esta situación termine; si mis enemigos no acuden, tendré que salir a buscarlos.

"—Lo único que logras desesperándote es echarte a perder el momento. Nuestros días están contados, pero nadie sabe el día ni la hora señalada.

"—No me duele terminar mis días, pues eso le pasa a todos, sino haberme forjado tantas ilusiones (creía poder cambiar las cosas, y el tiempo me demostró lo contrario). Lo que me mortifica es que no pensaba causarle mal a nadie; sin embargo, tengo las manos manchadas de sangre, y sobre mi conciencia cargo el peso de muchas muertes —decía Pascual

166

Gutiérrez mientras daba vueltas de un lado a otro del corredor—. Creí poder cambiar el mundo, pero llegó un momento en que comprendí que el mundo no tenía arreglo. Ahora lo que me mortifica es que no soy capaz de resignarme y dejar que las cosas rueden.

"—No te atormentes, que nada puede el hombre contra la Voluntad Divina —dijo ella con voz dulce y resignada—, la Voluntad Divina que siempre es justa, aunque nos parezca lo contrario.

"—En el fondo de mi desesperación empiezo a ver, y veo muy claro: la Voluntad de Dios se esconde en las tinieblas, y desde el principio de los tiempos se oculta en los abismos. La otra cara de Dios nadie la conoce; es un misterio, el misterio que su omnisapiencia ignora para poder continuar siendo infalible. La mano ensangrentada de Dios, la que se ensañó en la inocencia de Job, ahora quiere valerse de la traición y sorprenderme dormido. Debería inclinar la cabeza y resignarme; pero soy un hombre, un hombre que no está dispuesto a rendirse. A pesar de todos los pesares, y aunque no me guste, la mano de Dios dicta las leyes del mundo, y hasta ahora ningún rebelde, ningún profeta ni mártir, ha conseguido cambiar nada. Dios tiene una mano cruel, e igual castiga a inocentes y pecadores. Estoy sufriendo la mano de Dios, y aunque soy de carne y hueso, el orgullo me impide doblegarme. A veces siento ganas de rendirme, de dejar que el mundo ruede y siga su curso de ignominia, pero para mí no hay descanso posible; día y noche las fuerzas del mal me acechan, rondan esta casa, y quieren arrastrarme a los infiernos. ¿No oyes cómo los malos espíritus aúllan y arañan la puerta de la calle?

"—¿Por qué no huímos del pueblo? En cualquier otro lado podríamos vivir más tranquilos, y en una ciudad grande nadie te reconocería.

"—No consentiré que crean que me amedrentaron, ni permitiré que manchen mi fama, pues el orgullo es lo único que me queda —afirmó Pascual yendo y viniendo de un lado a otro del corredor con inquietud de bestia enjaulada—. Ahora la oscuridad nos protege; los asesinos quieren distinguir a su víctima, quieren tener luz para poder contemplar mi agonía. Es mejor que prepares tus cosas, y te encuentres lista cuando amanezca. Prométeme que te marcharás con la primera luz del día, y no regresarás hasta que todo se haya consumado; así moriré más tranquilo, y no sufriré pensando que mis enemigos se divirtieron y se regocijaron con tus lágrimas.

CAPÍTULO 21

Después de comer, los compadres regresaron al corredor, y de nuevo se hallaban frente al patio, gozando el fresco, sentados en unas sillas bajas. Don José María López le dijo a su compadre:

—Cuando los hijos se casan y nos dejan, la soledad se nos mete hasta los huesos, y la confundimos con los dolores de la reuma. No nos permite olvidar y nos recuerda la vejez y la muerte; pero a veces también los jóvenes piensan con temor en la muerte, y no es para menos: a la hora de la agonía el hombre se queda solo, los demonios aguardan, acechan en los rincones, y aunque el moribundo en su desamparo llame en su ayuda a Cristo, quién sabe si su clamor alcance a oírse en los cielos.

—Según parece, cuando Rogelio Zermeño abandonó su cuarto por segunda vez, y dejó solo a Pascual Gutiérrez, el rebelde pensaba en la muerte —dijo el visitante.

—Aquella mañana Pascual Gutiérrez permaneció acostado, mientras su amigo se alejaba por el corredor, y aunque le había visto reflejada la traición en el rostro, no se apresuró a revisar su fusil 30-30. Sabía que ni siquiera se atrevería a tocarlo, pues Rogelio creía, y no tenía recato en confesarlo, que el Diablo les empuja la mano a los que tientan

169

armas —aseguró el que contaba la historia de Pascual Gutiérrez—. También le tranquilizaba estar seguro de que su amigo no le había echado una droga en la comida. El rebelde espiaba sus movimientos, y no probaba bocado sin antes olerlo; si a un alimento le notaba un olor extraño, dejaba intacto el plato o la taza, y se excusaba afirmando que no tenía sed ni hambre.

"Mientras Pascual Gutiérrez permanecía en la cama, escuchaba los pasos de su amigo en el corredor. Los pasos se detuvieron frente al cuarto de Hermelinda, y Rogelio entró y cerró la puerta para evitar que sus palabras pudieran ser escuchadas.

"A Rogelio Zermeño le extrañaba la facilidad con que había convencido a su hermana; pero le urgía que se marchara, y no tenía tiempo ni humor para averiguaciones. Hermelinda nomás se llevó un pequeño bulto de ropa. Su hermano la acompañó hasta la puerta, y con impaciencia la miró alejarse por la calle. Después regresó a la puerta del cuarto donde se hallaba acostado Pascual Gutiérrez. Escuchó durante unos momentos. Sólo pudo oír los latidos de su propio corazón, y se alejó hacia el corral de la casa.

"Mientras dejaba pasar el tiempo, Rogelio Zermeño se entretenía mirando cómo se teñían de rosa las nubes. Cuando creyó que su hermana ya se encontraba lejos, se acuclilló sobre la tierra suelta y las matas que crecían libre y desordenadamente en el corral, y empezó a tocar la armónica del Zurdo. Rogelio Zermeño desafinaba como nunca, pero era lo que menos le importaba: *Empecé a tocar y no puedo destocar la música. Hasta el último momento le supliqué a Pascual; pero el orgulloso ni siquiera tomó en cuenta mis palabras, por eso tengo que tocar la armónica del Zurdo.* Él seguía tocando y mientras equivocaba insensiblemente las notas, sufría viendo con los ojos del alma cómo el Zurdo corría por las calles, entraba en el corral de los Santiago, y anunciaba a gritos:

"—La armónica dio la señal convenida.

"En la troje, mientras Valente y Doroteo desataban a los hermanos Pinillas, Juan Santiago les repartía armas y cartuchos.

"—En adelante no toleraré insubordinaciones, y sin más trámite los llevaré a fusilar —les advirtió Juan Santiago a los Pinillas—. En cambio, si me obedecen fielmente, además del dinero prometido les daré cinco pesos para que olviden las molestias que pasaron... Ahora todo mundo caminando, pero sin hacer escándalo; hasta la muerte podría espantarse con sus modales salvajes.

"El Cacarizo y sus cuatro hermanos caminaban por delante, un poco más atrás marchaban los Santiago, y el Zurdo, que miraba hacia atrás con desconfianza y temor, cerraba la retaguardia.

"A pesar de que la mañana había avanzado, las calles se encontraban vacías, silenciosas, como si la vida se retirara al paso de Juan Santiago y sus hombres... Todo esto lo veía Rogelio Zermeño con los ojos del alma, y no cesaba de tocar la armónica mientras un sudor frío le bañaba la espalda y los

171

costados. De pronto una mano le arrebató la armónica. La voz ronca y brutal de Juan Santiago le reprochó con enojo.

"—Eres tan orgulloso que no te quitas el sombrero, ni te levantas a recibirme como la gente educada, la gente que me respeta y quiere conservar la salud.

"—No te conozco, ni sé quién eres...

"—Camina delante de mí, y llévame a donde se esconde el rebelde... Piénsalo bien, medítalo con toda sangre fría (si eres capaz de hacerlo) y no vayas a traicionarme, porque tu salud saldrá resentida.

"Rogelio Zermeño se levantó poco a poco; las piernas se negaban a obedecerlo, y su cara tenía el color enfermizo de la tierra, pero logró contestar, aunque sentía la boca amarga como una esponja empapada en hiel y vinagre:

"—En realidad no te conozco, y sólo te he visto dos o tres veces en la calle.

"—Camina delante de mí, o te enseñaré qué pesada tengo la mano...

"A Rogelio Zermeño nunca le había parecido tan largo el camino del corral a la casa. Le costaba gran esfuerzo dominar sus pies que se negaban a obedecerlo, y un sudor helado le bañaba el pecho y la espalda. *Esto sólo puede ser una pesadilla. Despertaré cuando llegue junto a esas malvas secas, o cuando mucho al salir del corral. Así me ha pasado otras veces: despierto y descubro que todo ha sido un mal sueño; pero este sueño se alarga, y se alarga porque*

172

es mi vida. Ya no podré encontrar refugio en el sueño, en el sueño que a pesar de las angustias, únicamente es delirio, aire, nada...

"Cuando Rogelio Zermeño se detuvo, lo imitaron en el acto los hombres que lo seguían, que se encontraban dispuestos a formar con sus cuerpos una muralla insalvable. Comprendió que por ahí no encontraría salida. Continuó avanzando, y los hombres lo siguieron en el acto. Nuevamente se detuvo, y ellos se detuvieron. Avanzó y avanzaron detrás de él al instante, como si sus músculos y sus voluntades estuvieran amarradas a los de él con alambres, y Rogelio Zermeño pudiera manejarlos a su antojo. *(Uno, dos, tres... Alto... Uno, dos tres... Adelante...)* Comprendió que era un juego peligroso: el más pequeño error podía costarle la vida. Sintió deseos de gritar, pero se contuvo pensando: *No les gustaría que me pusiera a patalear y a chillar como una vieja. A pesar de todo lo haría, si Pascual ya estuviera muerto; que me vean los otros no me importa, pero por nada del mundo permitiré que mi amigo lo sepa.* Comprendió con terror y alivio que Pascual Gutiérrez pronto dejaría de juzgarlo...

"Ya caminaba por el pasillo que daba al corredor, ya comenzaba a ver los corredores, y los naranjos que se levantaban en el patio como llamaradas blancas. Después vio un pedazo de cielo inundado de luz. Hasta se fijó, casi con lágrimas en los ojos, en que había unas flores blancas, muy blancas, desparramadas inocentemente en el suelo del patio. Aquella vista tan familiar le parecía hermosa, a

173

pesar de que el infierno le venía pisando los talones (o quizá por eso mismo), y el Diablo mayor le picaba la espalda con su tridente, mientras les ordenaba murmurando a sus secuaces:

"—Arrímense a las paredes, idiotas.

"*Guerra, guerra contra Lucifer.* Se acordó Rogelio que había cantado en el templo cuando era niño. *El sacristán me regañaba porque yo cantaba muy feo. . . Hay algo dentro de mí que nunca ha cambiado. En mi alma está acurrucada la inocencia, y sólo espera que los ángeles le hagan una señal, y despertará como el primer día, con la cara muy limpia y lavada.* Rogelio Zermeño ya podía ver el firmamento; se encontraba a unos pasos del corredor, y a otros pocos del patio, y unos metros más arriba brillaba el sol de la mañana. *Con la cara limpia y lavada, limpia como el agua clara de los ríos en la que jugaba desnudo, cuando era niño, con Hermelinda y Pascual. . . Un día el Señor nos llamará a los tres, aún niños, aún inocentes, salvados del tiempo y del pecado, y nos dirá: 'Los perdono a los tres porque amaron mucho.'* Otra vez sintió ganas de gritar. Abrió la boca, pero el grito seco, desgarrador y amargo, se le atoró en la garganta.

"A Juan Santiago le repugnó aquella boca abierta que enseñaba sin ningún pudor una lengua enorme, mojada y palpitante como un pescado. Nomás el temor del ruido le impidió oprimir el gatillo de su escuadra, y tuvo que conformarse con apretarle la garganta con una mano, mientras que con la otra le descargaba un cachazo en la cabeza. Rogelio

Zermeño no llegó a gritar, pues el golpe le ayudó a tragarse el grito. Aunque vio un torbellino de chispas, pensó que el golpe salvaje no le había dolido tanto. Hasta le dieron ganas de declararlo, pero juzgó que era mal momento para presumir de valiente. Se tocó la cabeza con la mano temblorosa, y la sintió mojada y tibia. Al mirar la sangre entre sus dedos, pensó tristemente: *Ahora lloraré. Estoy muy grande para chillar; sin embargo, el dolor de uno nomás a uno le duele*... Lo arrancó de sus pensamientos la garra brutal, los cinco dedos feroces de Juan Santiago que se le clavaban, le herían y le apretaban la garganta.

"La mano de Juan Santiago lo soltó de pronto, y con un empellón lo hizo retroceder hasta el corredor que daba al patio. Rogelio Zermeño se quedó quieto, fascinado, esperando al hombre que se acercaba con cautelosa furia de víbora, meneando la pistola, silbando, escupiendo malignamente las palabras:

"—Pórtate bien, o te mueres... Pórtate bien, o te mueres...

"El presidente municipal agarró a Rogelio de la camisa, y lo arrastró casi en vilo, como si fuera un muñeco de paja, hasta aplastarlo contra uno de los pilares del corredor, y le encajó el cañón de la pistola abajo del cinturón. Los acompañantes de Juan Santiago se apresuraron a atrincherarse detrás de los pilares. El presidente municipal en un susurro ardiente le preguntó a Rogelio Zermeño dónde se encontraba el rebelde.

"—En el único cuarto que ahora tiene la puerta

175

cerrada... Te informo sólo porque me obligas. Después de todo, él es mi amigo, y me falta corazón para traicionarlo... Bueno, ahora ya sabes lo que querías, ahora déjame irme; el pleito es entre ustedes, y yo no tengo nada que ver en el asunto.

"Dos de los hermanos del Cacarizo avanzaron de prisa, cautelosamente, agazapándose contra las paredes, escondiéndose detrás de los pilares. Al llegar a la puerta señalada, se pegaron a la pared, tiesos, inmóviles y silenciosos, como dos esculturas a la entrada de un santuario, luego una de las estatuas cobró vida, y le lanzó un salvaje puntapié a la puerta. La puerta se abrió de par en par mostrando la negrura de la pieza. Todo esto lo observaba Rogelio Zermeño teniendo la pistola de Juan Santiago clavada en la carne. Hubiera preferido no mirar, pero sus ojos se negaban a obedecerlo, y veía a los dos hermanos del Cacarizo con las manos tensas, listas para disparar los fusiles, los cuerpos rígidos, pegados contra la pared a ambos lados de la puerta. En el cuarto reinaba un silencio abismal, una oscuridad amenazante, impenetrable.

"Después de aguardar un momento para cobrar ánimos, los dos asesinos se deslizaron uno detrás del otro en las sombras del cuarto, desaparecieron como si Hermelinda los hubiera conjurado. Pasaron largos instantes de espera. La casa se cimbró con el estruendo de un disparo, y casi al mismo tiempo sonaron otros dos balazos. Uno de los matones abandonó la pieza envuelto en una nube de humo, y con dificultades alcanzó a llegar a medio patio. Quiso

176

sostenerse del tronco de un naranjo, pero nomás consiguió arañarlo, y se fue resbalando hasta quedar tendido entre los azahares que alfombraban el patio. Con los ojos muy abiertos y asombrados miraba el cielo que se extendía encima de él, y no lograba comprender por qué de pronto había caído la noche, la noche más oscura que había conocido en toda su vida.

"Un pavoroso grito partió de los pilares, y uno de los asesinos de Los Tecomates se adelantó corriendo. Lo dominaba la desesperación: frenéticamente pateaba el suelo, y en su mano colgaba el fusil desmañadamente. Una voz ronca e impaciente le ordenó que se echara al suelo, pero la desesperación lo volvía sordo a los consejos. El asesino de Los Tecomates logró llegar a medio patio, y encontró la muerte no muy lejos de su hermano. Esa fue la señal para que los hombres de Juan Santiago empezaran un tiroteo uniforme, nutrido e incesante. Del interior del cuarto les respondía un fusil muy calmado y seguro, casi jactancioso. Los atacantes hacían un ruido ensordecedor, pero su enemigo no perdía la calma. Sus disparos rozaban los pilares, zumbando como avispas furiosas, animadas de un rencor frío y calculador.

"Rogelio Zermeño imaginó a su amigo echado en el suelo, parapetado detrás de la cama, cargando, apuntando y disparando con mucha sangre fría. *Va a morir porque lo entregué a sus enemigos. Y aunque la traición es amada, el traidor es aborrecido, y su fin será mi fin. Moriremos juntos, como dos hermanos, en la misma fecha: su sangre y la mía se mezclarán, formarán un mismo charco.* El pavor hizo que Rogelio Zermeño retrocediera, que reculara como las vacas que se niegan a entrar en el matadero, que se resisten con todos los mugidos, con todas las fuerzas de su desesperación; pero el cuerpo de Juan Santiago formaba un muro insalvable. Rogelio Zermeño continuó empujando a pesar de la inutilidad de sus esfuerzos, y nomás se detuvo cuando sintió que la cabeza se le hinchaba, que se convertía en un globo a punto de estallar en mil pedazos. Sobre el fragor de los disparos, oyó la voz ronca de Juan Santiago:

"—Te prometo que si te mueves, sólo saldrás de esta casa muerto en compañía del rebelde.

"Rogelio Zermeño se resignó a estar contra el pilar, acorralado por el cuerpo del presidente municipal que lo oprimía sin misericordia, mientras sentía que la cabeza iba a estallarle en mil pedazos. Pasó el tiempo y los fusiles perdieron bríos. Por fin el silencio reinó en la casa. Si no hubiera sido por los dos cadáveres tirados en el patio, Rogelio Zermeño habría creído que era como cualquier otro día. *Mi vida miserable, sí, pero tranquila y sin sobresaltos, cuando sentado en una silla del corredor me pongo a contemplar los naranjos.* Por primera vez en todo aquel rato se le ocurrió pensar en Hermelinda. Imaginó a su hermana de rodillas, rezando con angustia infinita, haciendo mandas y promesas, rogándole a la Virgen de El Naranjo que Pascual saliera bien librado. Rogelio Zermeño advirtió que en su interior él también rezaba, porque de niño le habían enseñado que las oraciones salvan a los que se encuentran en grandes peligros. Rezaba encomendando su vida a la Virgen, rezaba sin fe, pero con desesperación más fuerte que la fe del creyente más devoto.

"*¿Cuándo terminará este mal sueño?*, se preguntó Rogelio. Una voz que brotaba de su interior, pero que no era la suya, le quitó toda esperanza: *Pasarán los años, pero tú seguirás viviendo este instante, viviéndolo en el recuerdo, un recuerdo más real y verdadero que tu vida, un recuerdo imborrable que poblará tus sueños y tus vigilias. Hasta en el otro mundo lo recordarás, y sufrirás recordando eternamente...* Perdió el hilo de sus pensamientos cuando junto a su oreja izquierda, Juan Santiago gritó con toda la fuerza de sus pulmones:

"—Pascual Gutiérrez, demuestra que es verdad lo que cuenta de ti la fama. Sal y pelea de frente, y dame el gusto de mirarte por última vez la cara.

"La respuesta fue un disparo que rozó el pilar donde se protegían Rogelio Zermeño y el presidente municipal, y una blanca lluvia de cal descendió sobre sus cabezas. Se desató un tiroteo más nutrido y furioso que antes, pero Juan Santiago a señas ordenó que suspendieran la lucha, y el patio volvió a quedar tranquilo y silencioso, como si fuera día de fiesta.

"Detrás de los pilares donde se ocultaban los atacantes, Doroteo Santiago había abandonado su fusil 30-30, y con un pañuelo mugroso trataba de

179

pararse la sangre, la oscura sangre que le brotaba de un brazo y le manchaba de rojo la blanca manga de la camisa. La ronca voz de Juan Santiago tronó junto al oído de Rogelio.

"—Pascual Gutiérrez, ríndete antes de que se te agoten las balas... Ríndete ahora mismo, y tal vez me apiade y te respete la vida.

"Rogelio Zermeño pensó: *Pascual lo desprecia y quiere darle a entender con su silencio: 'La verdad es que no te animas a venir por mí, y por eso gritas escondido detrás de los pilares; pero tus amenazas y tus promesas me tienen sin cuidado. Por más que grites, no responderé a tus palabras, pues lo único que quiero decirte, te lo puedo decir con una bala, y te lo diré aunque te escondas.'*

"Los disparos volvieron a cruzarse en los aires. Sonaban roncos y cansados de batallar; sin embargo, al rebelde no se le fatigaba la puntería: otro de los matones de Los Tecomates lanzó un ronco grito de agonía...

"Al advertir que de pronto se quedaba solo en el mundo, que en una mañana había perdido a todos sus hermanos, el Cacarizo, el último de los Pinillas que sobrevivía para mantener la siniestra fama de la familia, sintió pánico, soltó el fusil, y echó a correr hacia el fondo de la casa. Mientras corría pensaba que más le convenía huir, antes que el destino completara su obra, el destino que tan mal lo había tratado en esa casa. En cuanto el Cacarizo abandonó el abrigo del pilar, los hombres que se encontraban en el patio olvidaron la lucha, y se dedicaron a mirar al que huía, a esperar la bala que les ahorraría el trabajo de castigar su cobardía.

"Ante la sorpresa, la incredulidad y la desilusión de todos, el Cacarizo ganó el pasillo, luego la protección del corral. Pascual Gutiérrez le había permitido salir con vida porque lo consideraba despreciable, indigno aun de recibir un tiro, de gastar en él el precio de una bala, o bien porque había llegado el momento tan esperado por el presidente municipal, el momento en que Pascual Gutiérrez tendrá que entregarse, o morir por falta de municiones.

"Juan Santiago y su partida dispararon una andanada tras otra; aunque no hubo respuesta, no abandonaron la protección de los pilares, porque temieron que tratara de fingirse muerto y darles una sorpresa. En aquel silencio de angustiosa espera, en la habitación se oyó un balazo, un balazo más seco y apagado que los otros.

"Había transcurrido un buen rato, y el rebelde no daba señales de vida. Valente y el Zurdo abandonaron los pilares, se arrastraron hasta la puerta del cuarto donde se escondía su enemigo, y desde afuera acribillaron las sombras. Finalmente se decidieron a entrar. Un momento después el Zurdo salió gritando:

"—Acabamos con el maldito rebelde... Acabamos con el maldito rebelde... Acabamos con el terror de la sierra...

"Por primera vez en mucho rato, Rogelio Zermeño se vio libre del peso del presidente municipal, que había ido a comprobar de cerca la increíble nueva, la nueva que le anunciaba a gritos el Zurdo:

"—Acabamos con el maldito rebelde... Acabamos con el maldito rebelde... Acabamos con el terror de la sierra...

CAPÍTULO 22

"Después de la muerte de Pascual Gutiérrez, las calles de Tonantlán se veían más desoladas que nunca. Aquella desolación aumentaba el miedo de Rogelio, su miedo a la soledad, la horrible y vergonzosa soledad que sentía en el pecho; sin embargo, el asco de sí mismo lo obligaba a huir de cualquier encuentro. Muy de prisa se encaminó a las orillas del pueblo, y en el campo buscó refugio en unas matas altas y espesas. Sentía que la cabeza iba a estallarle, sentía que el pulso le martillaba las sienes. Se quedó con los ojos cerrados, sin moverse, casi sin respirar. La inmovilidad le sentó como un bálsamo.

"Cuando Rogelio Zermeño despertó (en su sueño había sufrido angustias y sobresaltos sin fin) sentía un dolor de cabeza, una melancolía sin nombre, un desgano de todas las cosas, un vacío que le debilitaba el alma. Entonces la luz del día se retiraba y las sombras ocupaban la llanura. Aquel incierto y melancólico paisaje le pesaba en el alma. El hombre vagó por los campos, y por casualidad llegó al camino del pueblo.

"Se detuvo en medio del camino no porque quisiera, sino porque era incapaz de tomar un rumbo fijo: todo le parecía igual en aquel mundo que lo repudiaba.

"Oyó el trote de unas bestias y quiso huir, pero no se decidió pronto, y apenas logró alcanzar la orilla del camino. Una recua de mulas pasó al trote, levantando una enorme nube de polvo.

"—¡Arre mulas, hijas de su tiznada madre!

"Rogelio Zermeño había escuchado muchas veces ese grito en las calles de Tonantlán. Sus oídos no lo engañaban, ni padecía alucinaciones: Isidro Madera venía meneando el chicote atrás de las últimas bestias.

"—Fíjese, don Isidro —exclamó Rogelio Zermeño—, esta mañana asesinaron a Pascual Gutiérrez, y hubiera compartido su suerte, si no huyo y me escondo... Me cansé de advertirle: 'Tus enemigos te buscan con muy malas intenciones.' Y sólo me respondía que mi imaginación me engañaba. Le repetí muchas veces que huyera, pero no quiso oír mi consejo.

"—¡Arre mulas hijas de su tiznada madre! —les gritó el arriero a unas bestias que se habían detenido a comer zacate.

"—Desde que murió Pascual Gutiérrez me atormenta el vacío, no hallo ni lugar en este mundo, y el cielo no quiere concederme resignación... Ni siquiera me consuela recordar que antes de morir se llevó por delante a varios enemigos suyos...

"—¡Arre, mulas cabezonas! —grito con rabia Isidro Madera.

"—Pascual le tenía dada palabra de matrimonio a mi hermana. Ahora ella no se marchará de mi lado, pues nunca encontrará otro hombre como Pascual.

184

Gentes como él no abundan en la tierra, y ahora lo comprendo mejor que nunca. Hoy Tonantlán ha sufrido una pérdida muy grande.

"Los dos hombres siguieron caminando en silencio, envueltos en una nube de polvo. Después de un rato, Rogelio Zermeño suspiró y dijo:

"—Nada podrá consolarme de su muerte; nomás no me suicido porque mi hermana se quedaría sin amparo...

"—¡Arre mulas brutas, hijas de la gran tiznada!

"—Aún recuerdo que le oí jurar y prometer que arriesgaría su vida por él. Sin embargo, ahora parece que ya no le importa su muerte —dijo con resentimiento Rogelio Zermeño.

"—Cada quien tiene su manera de sentir y de pensar, y la suya me desagrada. Prefiero que cada quien camine por su lado, pues no me gustaría que nos vieran juntos.

"Las palabras del arriero ofendieron a Rogelio, pero tan desolado y triste se sentía que prefirió disimular y soportar en silencio.

"La noche había caído sobre Tonantlán, y ellos se encontraban junto a las primeras casas. Isidro Madera se alejó de prisa, y Rogelio le gritó cuando lo perdía de vista:

"—Lo espero en mi casa para velar el cuerpo de Pascual, lo espero para que cumpla su deber de amigo...

"En la cantina de don Filiberto Juárez no había clientes. El mostrador, apenas iluminado por la luz amarilla de una vela, parecía el féretro de un héroe olvidado por los hombres. Rogelio Zermeño le pidió fiada una copa al cantinero.

"—Le regalo una botella, pero tómesela en otro lado —le respondió don Filiberto Juárez—. La gente asegura que usted les señaló el camino a los Santiago, dicen que ya alguien ha jurado cobrarle su traición, y no me gustaría que corriera sangre en mi cantina...

"La sorpresa y el resentimiento de Rogelio corrían parejos. Aquellas palabras ofendían su orgullo más que una cachetada recibida en público.

"—Pensaba que usted era amigo mío, pero presta oídos a los chismes y a las calumnias de los murmuradores —luego Rogelio Zermeño recogió la botella del mostrador y declaró—: Me ha ofendido gravemente, y antes de poner un pie en su cantina, lo pensaré dos veces.

"—Si no vuelve, me hará un favor de los grandes —aseguró el cantinero con franqueza—. Desde hace mucho no me paga ni un centavo, desde hace mucho tiempo me tiene harto con sus chismes y sus enredos...

"—Apenas se murió mi amigo, usted empieza a desdeñarme; en cambio, cuando él vivía, usted nunca se atrevía a tratarme tan feo.

"El cantinero, aunque pacífico por costumbre, se sintió embargado de enojo, y sacó un garrote que guardaba para defenderse de los insolentes y los agresivos.

"Cuando el cantinero empezó a moverse para salir del mostrador, Rogelio Zermeño desapareció de la cantina, y no detuvo su carrera hasta que llegó a su casa.

"A medida que se acercaba a la pieza, Rogelio Zermeño oía con más claridad los llantos y los lamentos. El cuerpo de Pascual Gutiérrez estaba tendido entre cuatro velas. Junto al cadáver, de rodillas, con la cabeza cubierta con un rebozo negro, Hermelinda lloraba sin consuelo. Un poco más allá, cuatro mujeres rezaban y gemían, acurrucadas en la oscuridad. Sin levantar la mirada del suelo, el hombre se acercó a su hermana, y trató de convencerla:

"—Nos apellidamos Zermeño, y bien que mal debemos atender a las visitas... ¿Podrás preparar una olla de café negro? Por mi parte, conseguí una botella de mezcal...

"Su deseo de comportarse a la altura de las circunstancias, de atender a las mujeres que velaban el cuerpo, de portarse como pensaba que debía hacerlo un Zermeño, era sincero y firme; pero el pálido cadáver de Pascual, el dolor sin nombre de su hermana, y la insoportable mezcla de llantos y rezos, debilitaron su voluntad. Cuando Rogelio se hallaba a punto de irse, una de las ancianas que se agazapaba en las tinieblas empezó a golpear el suelo con la frente, y a gritar con desesperación:

"—Pascual Gutiérrez, consuelo de los pobres y de los afligidos, nos dejas solas y sin amparo en este mundo ingrato... No te vayas, no nos dejes, no nos abandones... ¿Qué haremos sin el sol de tu persona?

"Las tinieblas le impidieron a Rogelio ver cuál de las ancianas había encabezado el arrebato de desesperación. Inmediatamente después las otras viejas se le unieron, y empezaron a golpear el suelo con sus frentes. Todas gritaban y lloraban, como si compitieran para ver cuál conseguía agotar primero sus fuerzas.

"Rogelio Zermeño se retiró al patio, pero aún escuchaba el inquietante llanto y los gritos interminables de las mujeres. Buscó el silencio del corral y se acuclilló en las sombras. Protegido por aquella noche sin luna ni estrellas, comenzó a llorar lágrimas de arrepentimiento. Él mismo se sorprendió de la abundancia de sus lágrimas y la amargura de su llanto. *Pascual sufrió mucho en este mundo, y aún le aguardan espantosas tormentas en la otra vida. Con todo, su suerte no es tan mala como la mía. Hermelinda lo ama, y lo seguirá amando. A pesar de todos los pesares él vivirá (tal vez en el fuego del infierno, pero vivirá y será amado en el recuerdo), en cambio yo estoy muerto en vida, muerto para el corazón rencoroso de Hermelinda, que ahora, en este preciso día, ha aprendido a odiar a los que levantaron la mano contra el que nunca debieron levantarla. Aun podrá perdonar a los asesinos, pero no al que traicionó el amor de su propia sangre, al que traicionó su amor traicionándose a sí mismo.*

"Le dio un trago a la botella de mezcal, se limpió las lágrimas y pensó: *¿Dónde se metió la otra mujer? Lo recuerdo claramente: al principio eran cuatro, igual que los cirios que iluminaban el cuerpo, y* *cuando abandoné la pieza sólo había tres ancianas. . .*

"En ese momento, Rogelio Zermeño advirtió que alguien resollaba junto a su oreja. Un miedo indecible le impidió gritar, pero no escuchar una voz interior que le aconsejaba huir, así fuera lo último que hiciera en su vida.

"Con una habilidad sobrehumana, que contradecía sus costumbres pacíficas, escaló la tapia del corral. En la calle se detuvo a tomar aire, a recobrar las fuerzas, pero inmediatamente prosiguió la huida; la respiración había reaparecido detrás de la tapia del corral, sólo que entonces era más fuerte y nerviosa, como la de un perro que persigue a su presa.

"Rogelio había cambiado incontables veces el rumbo, pero la respiración siempre lo perseguía y lo alcanzaba, y a la vez perfilándose en la oscuridad un bulto le cerraba el paso. La noche no le permitía distinguir los obstáculos, los tropiezos que surgían donde menos lo esperaba; pero más duraba en caer que en levantarse y reanudar la huida. Pronto descubrió las intenciones de su enemigo (el enemigo de la noche anterior, el enemigo que siempre lo atormentaba en sus pesadillas); se le atravesaba en las esquinas, lo orillaba cada vez más hacia los arrabales, donde las sombras eran más impenetrables y la soledad más angustiosa.

"Cuando Rogelio Zermeño sufría miedos y agonías indecibles, Isidro Madera salió de alguna parte. Mientras caminaba al mismo paso rápido del que huía, le reclamó haberlo invitado al velorio, y no hallarse en su casa para recibirlo. Rogelio Zermeño ni siquiera oyó las palabras del arriero, y le dijo con una mezcla de angustia y alegría:

"—Desde hace rato me persigue el Demonio, y no creo que se atreva a cargarme delante de un testigo.

"—Por más que miro no logro distinguir nada en las sombras. Creo que su mala conciencia lo atormenta, y lo hace ver demonios donde sólo hay oscuridad y tinieblas.

"—Le juro que soy inocente de la muerte de mi amigo.

"—Ya no hay inocentes en Tonantlán. Pascual Gutiérrez murió traicionado por un hombre que le fingió amistad, y donde hay traidores no puede haber inocencia.

"—Yo me negaba y no quería, pero Juan Santiago me golpeó salvajemente, y tuve que decírselo para no morir bajo la cacha de su pistola.

"—¿Está seguro de que usted les enseñó el camino?

"—Me dieron de cachazos para obligarme. Yo odio a los Santiago, y voluntariamente jamás les habría hecho ningún favor, y menos para perjudicar a un amigo.

"—Sólo quería saber quién les había señalado el camino, y quería saberlo para poder contárselo a mis hijos: el traidor se llama Rogelio Zermeño. Tonantlán no olvidará su nombre en muchos años, y no será precisamente para alabarlo ni para bendecirlo...

"Para huir de las acusaciones echó a correr hacia

las orillas, y el fantasma o sombra, o enemigo lo perseguía cada vez más cerca... La noche se llenó de un presuroso y frenético batir de alas, de chillidos de murciélagos, de búhos y otras aves nocturnas, arrastradas por el viento del amanecer. Rogelio Zermeño vio o creyó distinguir un relámpago, un vacilante resplandor rojo; pero no logró saber si era la luz del día, o la muerte que se apoderaba de sus ojos.

—¿Su mala conciencia lo atormentaba —preguntó el viejo—, o era la cuarta mujer, el Demonio o sombra, la que en un principio estaba en el velorio, y después desapareció?

—¿Quién sabe? Pero el traidor lo hallaron en un barranco, en las afueras del pueblo. Unos creyeron que el asesino había sido Isidro Madera (yo no, porque días después de la muerte de Pascual, se enfermó el arriero de melancolía, y cuando fui a visitarlo, me preguntó con amargura: "¿Quién puede vivir cuando ve matar a su salvador, y se queda con los brazos cruzados?"). Otras gentes sospecharon que los Santiago querían evitar que hablara; algunos pensaron que el cuchillo lo había manejado el Demonio, y otros que la misma Hermelinda. ¿Quién sabe? Cualquiera pudo haber sido: muchos lo odiaban, y lo habrían matado con menos motivo.

—¿A Hermelinda qué le pasó? —preguntó el viejo que escuchaba la historia.

El otro anciano comenzó a derramar lágrimas, lágrimas de viejo (a la vez resignadas y dolorosas) que se acuerda de los antiguos agravios, de las ofensas que tercamente logran sobrevivir a los años. Cuando pudo dominarse, continuó diciendo:

—Pascual Gutiérrez había dejado de pelear, pero aunque entonces descansaba y no luchaba, era indomable, y no conocía la derrota. Ni en dos mil años volverá a nacer su igual, y la traición de su amigo nos dejó sin esperanzas.

—¿Usted se atrevió a tomarse la venganza reservada a los cielos?

—Alguien se me adelantó. . .

—Nadie se le adelantó. Ese individuo se mató con su propia mano, se mató al traicionar a su amigo, y al traicionarlo asesinó lo que más quería, destruyó la última esperanza, si es que era capaz de concebir esperanzas.

—Ni en dos mil años volverá a nacer un valiente igual —afirmó el anciano que había contado la historia del rebelde—. Y murió por culpa de un traidor. . .

—Todos somos culpables de su muerte, y Rogelio Zermeño es tan culpable como todo el pueblo. Aun yo, aunque me hallaba ausente, con mi ausencia ayudé a los Santiago. . .

—En verdad lloramos porque tenemos la conciencia dura y muerta, y nos apena no sentir dolor ni arrepentimiento —aseguró el anciano que había contado la historia del rebelde—. ¡Lágrimas hipócritas, lágrimas que el hombre viene derramando hace dos mil años!

Los compadres ya no tenían ganas de hablar, y se abismaron en una reflexión profunda. . .

El ruido de unos pasos que avanzaban por el corredor, de unos pasos que se acercaban explorando el camino, de unos pasos que no querían ser notados, atrajo la atención de los dos viejos, y los puso en guardia.

En el corredor, frente a los viejos, apareció una mujer sin edad, que caminaba como sumida en un sueño. Parecía que un espíritu maligno le había cambiado el rostro por una máscara idiota. Su mirada erraba en el vacío, buscaba a un ser capaz de ocultarse y de perderse en el aire.

—Hace rato lo perdí de vista, y no lo he vuelto a encontrar. El pobre tiene miedo de la gente, y se esconde de todas las miradas.

—No está aquí, ni lo hemos visto pasar —le informó don José María López, y con sus palabras trataba de conjurar aquella aparición terrible por los recuerdos que le despertaba, aquella aparición que, aunque no era del otro mundo, miraba hacia el más allá.

La mujer como una sombra torturada y silenciosa, se acercó a los viejos, y los miró fijamente a los ojos.

—Tienen la mirada muerta y vacía... Pascual Gutiérrez pasó por aquí, pero ustedes son ciegos de nacimiento, y nunca han conocido la luz.

La mujer sin edad, vestida de harapos, con la cara sin expresión, se retiró hacia la puerta de la calle, pero ni aun entonces los ancianos se libraron de su penosa impresión.

—Desde un principio, desde joven la pobre empezó a sufrir alucinaciones, y dio otras señales de locura.

—Conoció la luz, pero la luz la abandonó —dijo don José María López—. No era para menos: conocer la verdad, saber de antemano todo lo que iba a sucederle, y tratar de engañarse, de cerrar los ojos, de no ver el triste fin de su amor, era superior a sus fuerzas. El ángel de la luz se presentó, y le anunció a Hermelinda: "Ésta es la verdad." La mujer se negó a creerle, y su negativa la hundió en las tinieblas.

—Estaba loca desde un principio, desde muy joven empezó a padecer alucinaciones, y dio otras señales de locura —dijo don Santos Parra.

—A mí también me sucedió lo que a Hermelinda, por eso la comprendo y siento compasión de ella. Conocí la luz de la verdad, pero la luz me deslumbró y fue superior a mis fuerzas. ¿Por qué no perdí la vista? Lo habría preferido a verla en la triste condición en que se encuentra... Yo nomás puedo esperar la muerte y resignarme, pues por cobarde le di muerte a mi amor. Si todos los que pensábamos igual, si todos nos hubiéramos movido como un solo hombre, y con nuestros cuerpos hubiéramos formado una muralla para defender a Pascual, la historia habría sido distinta.

Don Santos Parra no trató de consolarlo; su compadre sufría y se atormentaba, y se negaba a reconocer que era imposible cambiar el pasado, e insistía en imaginar nuevas combinaciones de hechos, a pesar de que ninguna de ellas, por perfecta e ingeniosa

194

que fuera, podría cambiar lo sucedido. Además, no intentó consolarlo, porque su amigo no permitía que lo privaran del consuelo de sus remordimientos. Don Santos Parra pensó: *He visto y he vivido mucho, y sin necesidad de haber leído libros ni periódicos, sé que desde hace dos mil años viene sucediendo igual. Los hombres no cambian, ni cambiarán, al menos los hombres como él y como yo. Quizá soy demasiado viejo y pesimista, y perdí el loco optimismo de la juventud; quizá ahora mi único consuelo consiste en resignarme, en esperar que mis hijos, al menos uno de ellos, no sean como yo. Eso podrá suceder en el futuro, pues el pasado se halla enfermo y no tiene compostura. Desde hace dos mil años viene sucediendo lo mismo: apenas nace la esperanza, la asesinamos, luego nos regocijamos con nuestro crimen imbécil. A pesar de todo, el hombre sobrevivirá a sus pecados, y alguno de mis hijos o nietos dirá: "Hágase la luz." Y el hombre, el hijo del hombre, no el hombre enamorado de sus vicios y de sus pecados, saldrá de las tinieblas y habitará en la luz, inundado por la luz, traspasado por la luz, y vivirá libre de la amenaza de la vejez, del odio, del egoísmo y de la muerte, eternamente joven, eternamente enamorado de la tierra.*

ÍNDICE

Este libro se terminó de imprimir el día 24 de junio de 1972, en los talleres de EDIMEX, S. DE R. L., calle Andrómaco 1, México 17, D. F. Se imprimieron 2 000 ejemplares, y en su composición se utilizaron tipos Garamond de 12:12 puntos. La edición estuvo al cuidado del autor y de *Enrique Nieto Ramírez.*

EJEMPLAR Nº 778